Wie ein Dorftrottel

und   Klein-Susi

das Flüchtlingsproblem lösen

und wer ihnen

alles dabei hilft

ausgekocht

an einem Stammtisch...

Für meine liebe Frau Elisabet

Herstellung und Verlag:
BoD-Books on Demand, Norderstedt
ISBN: 978-3-7386-5011-2

Stammtisch - Tradition

Ein paar Schneekristalle verzierten glitzernd die tiefgekühlte Türklinke. Ganz fein schwebten himmlische Glückssterne durch den eisigen Winterabend. Eine rauhe, schwielige Hand zerstörte gedankenlos den Segen, und die Türe zur warmen Beizenstube schwang auf. Immer am Donnerstag, kurz nach fünf Uhr abends, trafen sich hier die „Glorreichen Sechs". Die blöde Bezeichnung hatten sie vom Wirt bekommen, nach drei Jahren mit regelmässigem Konsum. Der nette Wirt, voller Zuversicht auf reichliche Verkäufe von Alkohol und Essen, hatte sogar eine Tafel für Reservation gemalt, mit dem Text „die Glorreichen Sechs", und seit über acht Jahren stellte er sein Kunstwerk an diesem Wochentag auf den alten, runden Holztisch in der Stubenecke. Ja er scheuchte sogar „Fremde" zu einem anderen Tisch, wenn sie offenbar nicht lesen wollten oder konnten.

Noldi war heute der erste, aber das wunderte den Ex-Banker nicht. Weil er vor einigen Monaten früh pensioniert wurde, hatte er eben Zeit. Seit er mit Ende Vierzig vom Bau in die Kleinbank gewechselt hatte, einem sehr grossen Erbe sei Dank, waren seine Hände schöner geworden, aber der Händedruck war noch immer der Handwerker. Er hatte einen risikofreudigen Nachfolger gefunden, der ihm seine Einlagen auszahlen konnte. Jetzt liefen die Finanzen nicht mehr super, aber erstens war ihm das nun egal, und zweitens hatte die Kleinbank immer nur sehr konservative, sichere Geschäfte, getätigt. Weil er vorher der Allein-Besitzer gewesen war, und keine Kinder ihn nach mehr Rendite drängten, hatte er wohl nicht goldig verdient, aber mehr als genug. Als reichster Mann in einem Tal mit gerade vier Orten, total zwanzigtausend „Zahlern", so nannte er die Einwohner, trug er sein zeitweiliges Rheuma ohne ein Wort der Klage. Man hörte ihn manchmal kurz aufstöhnen, aber auf Fragen schüttelte er so heftig nachdrücklich den Kopf, dass jeder Bescheid wusste, „lasst mich in Ruhe".

Die Beiz war klein, schon fast ein Beizchen in dem ruhigen Nebenort, nur ein Gastraum mit zwei grösseren und neun Vierer-Tischen. Hier kochte die Wirtin, und der Herr Wirt machte die Bedienung und die Kasse. Bei Ansturm mussten die Gäste warten, aber das Essen war gut und günstig. Donnerstags war ohnehin weniger Betrieb, ausser in der Vorweihnachtszeit, da wollten die Firmen des Tales die Gratis-Parkplätze der Landbeiz für ihr Weihnachtsessen nutzen. Und dann wurde es eng, weil der Wirt weitere Tische einschob.

Kaum hatte Noldi dem Wirt zugenickt und seinen ewigen Platz belegt, da meldete ein kühler Luftzug weitere Gäste. Aber es war nur der Hansjürg, der die Türe länger offen liess. Mit Dreiunddreissig der Jüngste vom Stamm, abgesehen von der hübschen Vreni, die manchmal als Stimmungsaufbau akzeptiert wurde. Der HJ, wie enge Freunde ihn nannten, war arbeitslos, seit fast zwei Jahren, bald würde ihn die Arbeitslosenkasse aussteuern. Immerhin kümmerte er sich um die drei Kinder und den Haushalt. Seine kräftige Frau Kati hatte einen sicheren Job als Metzgerin, denn sie war billiger als ein Metzgermeister, hier im Tal schaute man noch auf die Kosten. Hansjürg war ein tüchtiger Verkäufer im grössten der drei Gemischtwaren-Läden des Tales gewesen, bekam dann Krach mit seinem Chef, und nachher im ganzen Tal keine Arbeit mehr. Ja, draussen in der Hauptstadt, da gäbe es Arbeit, aber zweimal fünf Viertelstunden Weg, eine Mittagspause, und rund neun Stunden Arbeit, da würde er täglich über zwölf Stunden fort von den Kindern sein, an die dauernden Staus in der letzten Zeit gar nicht zu denken. Acht Stunden Schlaf wollte er auch. Ein Horror, wenn er daran dachte. Da blieben ihm nur kurze Stunden, neben dem Frühstück und Abendessen. Sein Hobby Fussball war damit erledigt. Jedesmal dämmerte dabei in ihm eine kurze Depression hoch, und auch er zeigte das Niemandem.

In einem Dorf in Eritrea beschloss zur gleichen Zeit ein junger Soldat, von seinem kurzen Urlaub nicht mehr zur Truppe zurückzukehren. Das würde zwar drastische Strafen bedeuten, aber jetzt war er schon fast 5 Jahre dabei, ohne eine Beförderung, und wie die Situation gerade war, musste er noch mindestens weitere 5 Soldatenjahre anhängen. Natürlich hatten hunderttausende hier das gleiche Problem, und er als Fahrer eines höheren Offiziers lebte dabei noch vergleichsweise gut. Aber ganz dummerweise war er ehrgeizig, fand sich clever und zu besserem geboren. Ausserdem wollte ihn sein Vater mit einem Mädchen des Nachbars verheiraten, erst 15 jährig, und leider dünn und hässlich. Doch deren Vater hatte dreimal so viele Ziegen wie seine Familie. Amin aus Eritrea wollte mehr vom Leben.

Tief hinten in der Schweiz hatte ein Grossverteiler Pläne für ein Einkaufszentrum, das gäbe auch Arbeit für Verkäufer, aber bei den eher alten, bodenständigen Bewohnern des Tales, könnte es noch Jahre dauern, bis so ein „Klotz" im ach so idyllischen Landstrich gebaut würde. Viele der Einwohner im Tal hätten allerdings lieber irgendeinen „Klotz" und Arbeit, von der reizenden Landschaft kann man nur essen, wenn eine rechte Ernte davon eingebracht wird. Einige bezeichneten auch „Arbeit" als Ernte.

Noldi lachte den leicht trübsinnigen Freund an, schüttelte ihm vorsichtig die rechte Hand und zeigte auf den linken Ärmel von Hansjürg. „Du wirst noch General, wenn du so weitermachst. Drei Sterne hast du schon." Tatsächlich hatten sich drei Schneeflocken in so regelmässigen Abständen dort versammelt, dass es nach Offizier aussah. Hansjürg hob rasch die Hand, beschloss dann jedoch, kurze Zeit weiterhin ein höherer Militär zu sein.

Kaum sass auch er, brachte der Wirt eine Sammlung Weingläser, „salü zäme", und zwei offene Flaschen Dole. Weniger wurde am Stamm nie getrunken. Einschenken konnten die Gäste hier selbst. Im weggehen nickte er noch zu den Worten „und eine grosse Flasche Mineral, mit." Ja ja, grinste er für sich, das Mineralwasser mit Gas trinkt ihr sowieso erst am Schluss.

Menschen und Meinungen

Gleich nahm der „reiche Sack", wie ihn Hansjürg heimlich nannte, sein Glas, füllte Wein für Beide, um anzustossen, schliesslich wollte der kalte Januarwind vertrieben werden. Da ging schon wieder die Messing-Türklinke. Aussen war es eiskalt und innen gut geheizt. Drei Frauen vom Strick-Verein „Grosis-Wolle" brachten frische Luft mit. Sie grüssten, schliesslich kannte man sich hier, setzten sich aber an einen der kleineren Tische. Auch sie waren sechs Frauen, aber die Allüren der Männer brauchten sie nicht. Kein Schild, und wenn mehr als vier zu einem späten „Käfele" kamen, stellten sie Stühle dazu. Aber sie wussten auch, dass es mehr als vier Frauen höchstens zweimal im Jahr gab. Am Ostermontag und zu Maria Empfängnis.

Im Schlepptau der fleissigen Frauen rutschte noch der alte Dorftrottel herein. Moses setzte sich ganz vorsichtig zum Stammtisch, und wenn er nicht vertrieben wurde, was selten geschah, dann blieb er dort, bis alle gegangen waren. Er trug am Stamm immer ein weisses Hemd und eine braune Jacke. So fiel er den wenigen Fremden nicht weiter auf. Weil er kaum redete, und nur ganz wenig vom Wein trank, liessen ihn die übrigen Stammgäste am Tisch sitzen.
Als sich das knappe Dutzend Menschen im Lokal nach einigen Grussworten den Getränken widmeten, geschah etwas unerhörtes. Moses sagte laut „Australien, Amerika, Kanada", ohne jeden Grund, und die übrigen Gäste, die ihn kannten, schauten überrascht zu ihm.

Dann sass er wieder mit dumpfem Blick still am Tisch. Niemand wollte Näheres wissen, und die Gespräche gingen weiter. Moses hiess eigentlich Werner, aber weil er immer mit einem dicken Stock herumlief, der fast so lang war wie er mit seinem kurzen Körper, hatten ihn Spassvögel umgetauft.

Hansjürg, mittelgross mit einer riesigen Nase und mit Schuhgrösse 48 auf „grossem Fuss" lebend, beklagte sich bei Noldi darüber, dass sein kleines Familienbudget bald noch mehr leiden würde, wenn das Arbeitslosengeld wegfallen würde. Der reiche Noldi nickte nur bedauernd, natürlich kam er nicht auf die Idee, dem zu helfen. Dann müsste er ja das ganze Tal, womöglich die ganze Welt, unterstützen. Und wozu war der Staat und die Sozialhilfe da.

Immerhin zahlte er jeweils die ganze Zeche vom Stamm, Wein, Wasser und Essen. Ausserdem war er meistens freundlich gelaunt. Die Beiden sprachen noch über die Ungerechtigkeiten auf der Welt, mit reichen Ländern und den Drittwelt-Gebieten. „Aber Du hast ja auch Deine Sorgen" tröstete der Arme den Reichen, und dachte an dessen dauerndes Rheuma, lieber hatte er kleinere Geldprobleme.

In Syrien weinten gerade eine Mutter und ihre Tochter, weil nach dem Kriegstod des Vaters, vor zwei Monaten, jetzt noch die ältesten zwei Söhne, 18 und 19 Jahre alt, zu nahe bei einer fallenden Bombe gestanden hatten. Die Leichen zerfetzt, man brachte der Mutter nur noch die

Nachricht über das Unglück. Da entschloss sich der 14 jährige Assad, die toten Brüder zu rächen. Er würde nach Deutschland gehen, viel Geld verdienen, und dann mit einer eigenen Armee den bösen König vernichten. Dass der König eigentlich nur keine anderen „bösen Könige" im Land seiner Väter wollte, wie ein Onkel behauptete, war ihm egal. Ohne den sturen König, dessen Namen er auch trug, wäre der Krieg schon lange vorbei.

Schon kamen noch zwei Männer, Paul und Heinz. Als die zwei weiteren Stämmler Platz genommen hatten, kam ein anderes Thema auf. Paul hatte im Auto die Nachrichten gehört. Wieder war ein Schiff mit Flüchtlingen vor Sizilien im Meer gekentert, ein eher grosses Boot, aber total überladen, und fast die Hälfte der über hundert Menschen waren ertrunken. Ohne ein Schiff der italienischen Marine, das eine knappe Stunde später auftauchte, hätte es gar keine Überlebenden gegeben.

Paul, der sonst eher ruhige Helfer des Pfarrers, regte sich heftig darüber auf. Für ihn waren die Schlepper an der Misere Schuld. Die wurden reich dabei und gaben den Leuten nur ein schlechtes, überfülltes Boot für die gefährliche Reise in eine völlig ungewisse Zukunft. Es war doch kaum wahrscheinlich, dass diese Flüchtlinge weiter als in das nächste Auffanglager kommen würden. Und von dort wieder zurück nach „Hause", ausser die Menschen kamen aus einem Kriegsgebiet, und hatten auch noch Papiere dabei.

„Die erfrieren doch, jetzt im Januar, wahrscheinlich haben die noch Mäntel an auf dem Schiff, das zieht die in die Tiefe", vermutete Heinz. Paul fand dieses Problem weniger tragisch, „dort ist das Meer auch im Januar noch rund 13 Grad, aber bei den überladenen Booten braucht es nur ein paar grosse Wellen, das gibt Panik auf dem Boot, und schon kippt so ein Spielzeug." „So ein Unsinn" meinte Heinz, „bleib du einmal länger als eine halbe Stunde bei der Temperatur im Wasser, das schaffen höchstens Profi-Schwimmer, die den Kanal nach England überqueren, mit Melkfett geschützt und von einem Boot begleitet. Und sogar von denen sauft immer wieder einer ab."

„Afrika" sagte Moses, doch niemand beachtete ihn. Natürlich ging es um Afrika. „Dann dazu die vielen Frauen und Kinder, was ist das nur für ein grausames Geschäft mit der Hoffnung", schimpfte Paul weiter. Heinz machte den Mund auf um gewichtiges zu der Sache beizutragen, aber Moses sagte „Russland" und schwieg dann für den Rest des Abends.

So viel hatte der noch nie geredet, und der kritische Blick von Heinz hatte ihn getroffen. Als Richter war der Respektsperson, und Moses fürchte sich vor dem fast zwei Meter langen Herrn im Anzug.

„Alles nur die Schuld der UNO", meinte Heinz, „diese Menschenfreunde haben die Hilfe der Italiener erst in Schwung gebracht, und so glauben immer mehr

Afrikaner, man könne doch lebend ins reiche Europa kommen."

Der Richter war nur nach einem guten Mittagessen milder gestimmt, die übrige Zeit fühlte er sich meistens der Strenge des Gesetzes verpflichtet.

Schweizer im Ausland

Als jetzt der Tutu dazu kam, gelernter Elektriker, dann Goldschmuck-Verkäufer mit eigenem Laden, ein Rückwanderer aus Südafrika, waren die Flüchtlinge vergessen. Tutu, ein waschechter Schweizer aus dem Wallis mit Vornamen Thomas, war eigentlich der Tommi, dann der Dummi, weil er sich im kleinen Schmuckladen beklauen liess. Als er vorübergehend eine schöne Kenianerin zur Freundin hatte, die vom Bischof Tutu in Südafrika erzählte, der Scheinheilige habe sie angemacht, hiess Thomas nur noch Tutu. Dabei wussten alle, dass diese dunkelfarbige Frau ständig Märli erzählte, ohne dass man deshalb allen anders farbigen Menschen einen Vorwurf machte. Schliesslich waren hier die Meisten keine Rassisten.

Es war Neumond an der Küste in Tunesien, nur die Sterne leuchteten schwach auf das 10 Meter Boot, in das Ali, schon 30 jährig, mit über vierzig anderen Menschen stieg. Weil das Boot klein war, hatte er nur 1000 Euro am Schwarzmarkt organisieren müssen, und er hoffte, bei dem guten Wetter glücklich nach Sizilien zu kommen. Das tägliche Elend, kaum etwas zu Essen und die ständige Hoffnungslosigkeit auf ein besseres Leben, zwangen seine Grossfamilie dazu, einen Tapferen aus den jungen Männern auszusuchen, der für sie alle den Wohlstand in der Fremde suchen sollte. Ali sass neben einer jungen Frau mit Kind, und in deren Augen sah er trotz Dunkelheit die gleiche Mischung aus Angst und

Hoffnung, die auch ihn das Leben in diese „Nussschale"
werfen liess.

Tutu setzte sich, nahm ein Glas Wein, sagte kurz Prost
und begann nach einem kurzen Schluck zu erzählen. Der
Kanton, in dem das Tal lag, wolle jetzt bei ihnen hinten
ein Gefängnis bauen, und zwar eines für
Schwerverbrecher. Das Wort „Schwerverbrecher"
wiederholte er mehrmals, er war tief empört. „Und das
hier hinten bei uns, sicher bricht einer aus und killt auf
der Flucht ein paar von uns."

„Naja, die Schweiz wird immer enger", warf Heinz ein,
„willst du lieber ein Asylzentrum oder eine Atommüll-
Deponie oder einen Schrottplatz für alte Panzer?"

Damit machte er Tutu aber keine Freude, schliesslich
war der ein Armeegegner, er war nur zwei Wochen bei
dem Verein gewesen. Aber trotzdem kam eine
unerwartete Antwort. „Immer noch besser ein
Schrottplatz, egal von was, als ein Gefängnis. Der Schrott
killt keinen mehr", kam Tutu auf seinen Punkt.

„Noch nie etwas von Sondermüll, der das Trinkwasser
vergiftet, gehört? Und mit dem Gefängnis, weisst du, so
schlimm ist das gar nicht", mischte sich der Pfarrhelfer
ein, „ganz selten passiert so etwas Schlimmes, wie
Ausbruch und Mord danach. Ich besuche nun
regelmässig zwei Gefangene in der Kiste bei der
Hauptstadt, die über 10 Jahre bleiben dürfen. Weil sie
nur Verwandte haben, die keinen Kontakt mehr wollen,

mache ich bei denen Besuche. Beide waren Raubmörder, also zumindest einer, aber man weiss nicht welcher." Erstaunt sahen die Stämmler auf Paul. Das war ihnen ganz neu. „Na toll" meinte Tutu, „darfst du die manchmal mit in die Kirche nehmen, als Ministranten?"

Paul schaute verlegen auf den Tisch. „Ach du Blödmann, du hast ja keine Ahnung, die haben nur einmal einen Überfall gemacht, als Ex-Soldaten natürlich mit dem Sturmgewehr aus dem Schrank zuhause, und das lief gründlich schief. Der dumme Mitarbeiter des Spielcasinos machte auf Held, sie schossen beide, aber nur einer traf tödlich. Weil sie nicht nur auf der Flucht, sondern auch vorher, die Waffen bei mehreren Stops gleich mehrmals tauschten, ohne Verstand, waren ihre Fingerabdrücke auf beiden Gewehren. Sie wissen nicht einmal selbst, wer den tödlichen Schuss abgab. Jetzt hocken die zwei saublöden Anfänger einsam in der Kiste. Und auch mehrfache Mörder wollen nicht immer gleich wieder killen. So schön ist nicht einmal ein Schweizer Knast."

„Du bist ja ein richtiger Gutmensch", sagte Noldi erstaunt, „und besuchst du die straffälligen Asylanten auch?" Für ihn waren das die letzten Menschen. Diese Typen möchten in der schönen, sichern Schweiz leben, und zeigen durch Delikte (er dachte sofort an Mörder) ihre Dankbarkeit. „Auch du bist ein Gutmensch", lachte Paul, „schliesslich bezahlst du unsere Zeche. Herr Wirt, bitte ein Schnitzel-Pommes für mich" rief er.

Das nützten die andern Stämmler ebenfalls, und gaben dem herbei eilenden Wirt ihre Bestellung auf. Nebenbei trafen den Paul, nicht mehr nur Pfarrhelfer, teils bewundernde, teils verwunderte Blicke. Aber nicht einmal der strenge hungrige Richter hatte etwas auszusetzen. Er kannte ja die Praxis.

„Apropos Sträflinge und Asylanten: Wenn sie keine Not hätten, würden wahrscheinlich viele von denen ein normales Leben zu Hause, wo auch immer das liegt, mit Familie und Freunden vorziehen. Wir können gut reden, sogar mir geht es ohne Job noch immer relativ gut, weil meine Frau ihre Arbeit hat und unsere Wohnung uns gehört. Warum sollten wir flüchten? Noch in der zweiten Hälfte vom neunzehnten Jahrhundert mussten hunderttausende Schweizer auswandern, weil es weder genug zu essen, noch eine Arbeit gab. Wenn Amerika damals die Grenzen dicht gemacht hätte, gäbe es keine Dörfer und Stadtteile in Amerika, die von Deutschen, Iren, Italienern und auch Schweizern dominiert sind. Noch nie von New Glarus oder einem Zürich in den USA gehört? Oder dass in New York mehr Italiener wohnen, als in Rom? Und in der Schweiz wären damals noch viel mehr Menschen an Hunger gestorben."

Moses nickte heftig zu den Worten von Hansjürg, ohne aber etwas zu sagen.

Tutu der Heimkehrer hatte sich vor dem Auswandern nach Südafrika auch informiert und erzählte „zwischen 1817 und 1883 verliessen über 100'000 Schweizer ihre

Heimat. Zuerst gab es Hungersnöte, dann Arbeitskämpfe und Arbeitslose. Die Menschen mussten 15, 16 Stunden pro Tag arbeiten, nur die grösseren Kinder konnten nach 13 bis 14 Stunden die Fabrik verlassen. Das war der Beginn der Industriellen Revolution, mit Textilmaschinen. In Glarus wurde dann 1864 der 12 Stunden Tag von einem Richter verordnet, selbstverständlich an sechs Tagen der Woche. Dadurch gab es für mehr Menschen Arbeit in der Textilindustrie. Erst 1877 wurde in der ganzen Eidgenossenschaft der Arbeitstag auf maximal 11 Stunden reduziert. Heute arbeitet man teilweise nur noch 8 Stunden, selbstverständlich nur an fünf Tagen, in Frankreich und Deutschland sogar nur 35 Stunden pro Woche. Nur die Amerikaner haben noch teilweise lange Arbeitszeiten und wenig Urlaub."

Im vom Krieg zerrissenen Sudan lag Leila nachts auf einer Matte, und die Wut kochte in der Zwanzigjährigen. Da war sie nun fast ein Dutzend Jahre bei den Missionaren in die Schule gegangen, konnte lesen, schreiben, rechnen und sogar etwas Buchhaltung sowie Englisch. Eigentlich wollte sie Dorflehrerin werden, doch niemand hatte Arbeit und Geld. Doch nun sollte sie mit den Soldaten als deren gemeinsame Braut herum ziehen, nur weil sie hübsch war. Als Strafe, weil sie den alten Dorfchef nicht geheiratet hatte, als vierte Frau in seine blöde Hütte. Leila war immer ängstlich gewesen, aber der starke Boko, gleich alt wie sie, wollte schon seit Monaten mit ihr übers Meer in den Norden flüchten. Er kannte Schlepper, die sie mit einem Lastwagen an eine Küste bringen könnte. Bisher war ihr das zu gefährlich, aber als sie nun vorsichtig aufstand, um die Familie nicht zu wecken, wollte sie nur noch weg. Dass Boko auch ein Hilfsschlepper war, wusste sie nicht, und heute Nacht wäre ihr auch das egal gewesen. Nur weg.

„Und trotzdem gab es damals Arbeitslose" fand Heinz, seine Partei war gegen kürzere Arbeitszeiten, und befürchtete in Werbeslogans sogar „Arbeitslose durch weniger Arbeitszeit." „Davon bin ich nicht überzeugt" parierte Paul, der sich als Sozi auch heutzutage für noch kürzere Arbeitszeiten einsetzte. „Denn damit fänden doch mehr Menschen Arbeit", war er sich sicher.

Eigenbrötler

Hier war ein spezieller Stammtisch. Weil Noldi Wein trank und zahlte, nahm niemand ein Bier, wie sonst üblich. Alle wohnten in der Nähe, keiner brauchte ein Auto. Nur ganz selten klopfte man hier einen Jass. Ausserdem kam man nicht täglich, wie an vielen anderen Orten.

Man redete lieber, wenn man sich eine Woche lang nicht gesehen hatte. Heute wurde man heiss mit dem Thema Flüchtlinge. Noldi und Heinz waren strikt gegen diese „Schmarotzer", obwohl ihnen Paul entgegen hielt, dass auch der Grossvater vom Ex-Bundesrat Blocher ein ehemaliger Deutscher war. „Ja, aber nur ein Einwanderer, kein Flüchtling" hiess es. „Nur halbrichtig", kam es zurück, „vermutlich war er ein echter Wirtschaftsflüchtling, und vielleicht hatte der noch Streit zuhause."

Einige an den Nebentischen lachten verhalten, sie wussten wie viel Stress ein zankendes Weib oder ein streitbarer Nachbar bringen konnte. Der berufsmässige Schlichter Heinz drehte den Kopf und lachte ein wenig mit.

Tutu war beim Thema Asyl gespalten, er hörte hier zu viel von den schlechten Asylanten und Flüchtlingen. Aber schliesslich war er viele Jahre in der Fremde gewesen. Dort war er eigentlich gut aufgenommen worden, weil man ihn brauchte. Er hatte Elektriker gelernt, und fand damit fast überall einen Job. Dass er sogar in der Fremde noch etwas dazu gelernt hatte, nämlich als Verkäufer ziemlich viel über den Goldschmuck, das zeigte nur, dass man ins Ausland musste. Nur das Heimweh hatte ihn hierher zurück gebracht.

„Viele junge Menschen, auch aus der Schweiz, wollen unbedingt etwas Ausland-Erfahrung bei einer Arbeit haben, für Sprachen und neue Ideen" sagte er. Auch Paul und Hansjürg votierten „für eine offenere Welt, in der Fremde als Gäste und nicht als Feinde begrüsst würden. Die Welt ist doch gross genug." Wieder nickte der Dorftrottel heftig.

Endlich kam das Essen, fast für alle Stämmler gleichzeitig, darauf war die Wirtin stolz. „Kochen kann sie", hiess es im Dorf, und „schade ist sie oft so giftig mit ihrem Heiri." Der Wirt war ein gemütlicher, rundlicher Typ, der auf diese Weise etwas Mitleid bekam.

Mitten im generellen Kauen rief der Wirt „noch mehr Flüchtlinge sind ertrunken" in das Lokal, er hatte die Nachricht vom Radio in der Küche.

Aber abgesehen von bedauernden Blicken und ohnmächtigem Schulterzucken gab es kaum Reaktionen. Man schmatzte zufrieden, „das Blut ist jetzt wohl im Bauch" dachte der Wirt, und nahm noch eine Bestellung für drei Salbei-Tee vom Strick-Verein entgegen. Nur bei Geburtstagen tranken die Alkohol, dann jedoch

Champagner. „So eine Schweinerei mit den Booten" meldete sich die Jüngste Richtung Stammtisch, „ihr Männer habt ja Zeit und fühlt Euch ständig stark, warum macht ihr nichts dagegen?" Die Stämmler senkten nur stumm die Köpfe, aber Moses nickte wieder heftig.

Schon gegen halbzehn Uhr zahlte Noldi, alle sagten brav danke, und dann löste sich die Gruppe auf.

Der Kopf denkt...

Der heute bananengelbe Mond plusterte sich auf, um schneller vom Halbmond Outfit weg zu kommen, und ein paar gutmütige Schleierwolken versuchten, ihm dabei zu helfen.

Als Noldi zu Hause im Bett neben seiner lieben Frau einschlief, war er ganz zufrieden mit sich, wie meistens. Gegen drei Uhr früh wachte er auf und ging kurz für kleine Jungs. Weil seine Frau bei geschlossenen Fenstern keine Luft bekam, war ein Flügel gekippt. Bei den Minus-Temperaturen jetzt im Januar war das Schlafzimmer ziemlich kalt, und so freute er sich wieder über das warme Bett. Die freundlichen Arme von Orpheus fanden aber nicht recht zu ihm, und so begann es in seinem Kopf zu stänkern.

Was für ein seltsamer „Stamm", meistens redete nur er, oder der Richter erzählte über ein Urteil, natürlich ganz anonym. Jedoch gestern waren alle engagiert. Sogar die Strickerinnen am Schluss. Alle hatten eine Meinung über die ein Asyl suchenden im Allgemeinen und über das Flüchtings-Elend im Besonderen.

Dabei war auch die Rede von Syrien und einigen andern Kriegsgebieten. Er wurde sich bewusst, dass seine Ansichten über „die Menschen sollen doch daheim bleiben" nur noch vom Richter teilweise mitgetragen wurden. Und dann diese diversen struben Lösungen der Probleme, die da am Stamm kamen. Als wenn das so einfach wäre. Doch musste er sich eingestehen, dass er selbst auch kein Rezept hatte, schon gar nicht ein Brauchbares.

Und dann noch dieser blöde Moses. „Amerika, Australien" hatte er gesagt, und was noch? Ach ja, Russland, Kanada. Alles grosse Länder. Und „Afrika" dazu. Das war doch klar, dass damit die boat-people gemeint waren, von denen war ja ständig die Rede. Aber die anderen drei Länder? Moses sprach wenig, aber aus seinem beschränkten Gehirn kamen manchmal ganz gute Einfälle. Der alte Trottel, er war wirklich schon über 76, hatte vor einigen Jahren das Problem mit der Fusion ihrer Dörfer gelöst. Wenigstens schien das so, es war sicher nur ein Zufall.

Damals wollte der Bürgermeister von Hinterwalde, so hiess ihre Gemeinde im Tal, mit der Nebengemeinde Vorderwalde zusammen spannen. Er erhoffte sich tiefere Verwaltungskosten, und ausserdem natürlich den Posten als Chef von der neuen Gross-Gemeinde. Der Bürgermeister von Vorderwalde war schon 65, und so dachte der schlaue Mayer, selbst erst Mitte Vierzig, dann wäre er ganz klar der neue King. Darüber wurde viel diskutiert, eigentlich wollten weder die Einwohner von Hinterwalde, noch die von Vorderwalde diese Fusion. Bei einer Werbe-Rede von Mayer stand auch Moses unter den Leuten. Als Mayer am Schluss seiner überzeugenden Rede die Frage stellte, was denn die Bürger an der Sache stören würde, war es still. Dann sagte Moses „Neuwahlen", und ging.

Die Leute diskutierten noch ein wenig, dann löste sich die Versammlung auf.

Als dem Mayer bewusst wurde, dass er das Amt als Gesamt-Bürgermeister gar nicht auf sicher hatte, dass ja die Wähler beider Gemeinden bestimmen würden, da kam er ins Grübeln. Sicher würde er als der Jüngere, Engagiertere gewählt, aber wenn doch nicht? Mayer besprach das mit seiner Frau, und diese mit ihren Freundinnen, natürlich ganz im Vertrauen. So wusste bald ganz Hinterwalde, warum der Bürgermeister die Fusion in den nächsten Wochen komplett fallen liess.

In Libyen träumte schwarze Willi, sein Vater war ein Schweizer Kurzreise-Tourist gewesen, schon die fünfte Nacht von seinem nächsten Schiff. Er war vor einigen Jahren aus dem Land im Süden, von Kamerun, nach Tripolis gereist. Weil er eine Bank erfolgreich mit zwei Freunden überfallen hatte, mussten sie fliehen. Die unglückliche Frau am Bankschalter hatte sich trotz ihrer grossen Messer dumm verhalten, die musste einfach still gemacht werden. Eigentlich war das nur eine Geldwechsel-Hütte, und als die Frau am Morgen von hinten hinein wollte, hatten sie diese bedroht. Kaum waren sie an das Geld gekommen, momentan ziemlich viel, da sagte die Frau zu ihm „dich kenne ich doch".
Nun war er schon seit fast einem Jahr Besitzer eines Schlepperbootes für fünfzig Menschen. Weil er hier so toll verdiente, hatte er inzwischen mehrere „Kapitäne", die für ihn fuhren. Auch sein nächstes Schiff würde ihn noch reicher machen. Schliesslich musste er rund die

Hälfte der Einnahmen für die Bestechung von Polizei im Land, der Küste und auf dem Meer einsetzen. Diese Gauner. Willi wollte nach Paris, nur dort war das schöne Leben, aber das kostete viel Geld.

Was wollte der seltsame Moses mit „Amerika, Australien, Russland"? Ganz klar brachte es nichts, den zu fragen. Schliesslich war Moses der Dorftrottel, und vermutlich würde er einfach mit Nachdruck die Ländernamen wiederholen. Vernünftige Sätze sprach der gar nicht. Vielleicht meinte er, diese grossen Länder könnten mit Geld und Einfluss das Problem der Flüchtlinge lösen. Immerhin hatten die Amis Erfahrung damit. Der Richter hatte ja gemeint, wenn man die Herren der armen Flüchtlings-Länder bestechen würde, dann würden diese ihre Grenzen zumachen. Aber die Grenzen von ganz Afrika?

Er wurde sich auch bewusst, dass die USA heute auch einen Kampf gegen die mexikanischen und anderen Einwanderer führte, nichts mehr vom grossen Aufbruch im 18. Jahrhundert, als man extra Menschen ins Land lockte, um die riesigen Flächen zu besiedeln. Aber obwohl eigentlich noch immer genug Land „leer" war, gehörte alles irgend jemandem. Und deshalb gab es keinen Platz mehr für weitere Einwanderer.

Noldi sann noch einige Minuten, dann holte der Schlaf den Denkenden ein, und am nächsten Tag hatte er die Sache weitgehend vergessen.

Militär

Eine Woche später wäre über die Flüchtlinge nicht mehr geredet worden, denn inzwischen war das Militär in aller Munde. Die kleine Schweiz sollte für einige Milliarden Franken neue Kampfflugzeuge anschaffen. So hatten es die Politiker beschlossen. Aber weil es um sehr viel Geld ging, wollte man sich absichern, also musste das Volk darüber in einigen Monaten abstimmen.

Noldi und der Richter als ehemalige hohe Miliz-Offiziere freuten sich schon auf den „Stamm". Da konnten sie wieder tief aus ihrem Insider-Wissen schöpfen.

An diesem Donnerstag war die schöne Vreni die erste am Stamm, nur Minuten vor Noldi und Hansjürg. Es war ein klarer kalter Tag gewesen, die Raben auf den Feldern versuchten etwas höher zu singen, und die hungrigen Füchse schlichen bis in die Dörfer, um eventuell einen lebendigen warmen Leckerbissen zu finden, schliesslich hatte man auf dem Land noch eierlegende Hühner, oder wenigstens irgendeinen Abfall.

Der Schnee stand fast einen Meter hoch am Strassenrand, und halb so hoch im Gelände. Man hatte sich an die Minus 20 Grad schon beinahe gewöhnt, und nachts war es sogar noch kälter. Alle trugen dicke Mäntel. Nicht nur die Landschaft trug ihr Winterkleid, auch die Rehe, Hasen und Füchse hatten ein dickeres Fell, sogar die Katzen hatten sich angepasst. Die Bären waren hier ausgestorben und die Igel hielten tief unten ein Schläfchen.

Noldi begann gleich mit Vreni zu flirten. Erstens war seine allerbeste Lisbeth drei Jahre älter als er, und ausserdem kam Vreni ja nur alle 3 bis 4 Wochen, weil der Donnerstag für ihren Haarsalon viel Arbeit bedeutete, die Frauen wollten für die Sonntagsmesse schön sein. Sie arbeitete nur für Frauen, und ihr kleiner Salon „no old man" war fast nur via Anmeldung zum Haare killen, wie Vreni das nannte, bereit. Als Blondine mit langen Haaren hatte sie den richtigen Job. Man sah sie immer wieder mit einem anderen Mann im Restaurant oder an der Bar der wilden Diskothek von Hinterwalde, wo manchmal über 50 Leute die „Raucherstube mit Musik" bevölkerten. Trotz ihrer 31 Jahre hatte die wählerische Dame noch keinen passenden „Deckel" gefunden und der noble Noldi hatte den Ruf, manchmal mit der kessen Haarkünstlerin fremd zu gehen.

Aber das war natürlich nur dummes Geschwätz, auch wenn einer der vielen Witze von Vreni den Verdacht begründet hatte. „Was macht eine junge Blondine morgens als erstes? Sie hilft einem Mann in die Kleider und wirft ihn raus", solche Scherze erzählte sie fröhlich.

Hansjürg hörte den beiden mit leiser Wehmut zu, seine Kati war ja OK, aber die Vreni, tüchtig und schön, würde ihm auch gefallen. Aber seine goldigen vier Kinder, nun schon 7, 8, 12 und 13 Jahre alt waren, die würde er nie eintauschen.

Endlich kam wieder frische Luft, Paul der Pfarrhelfer brachte noch den seltenen Gast Klaus mit, den katholische Pfarrer des Dorfes, drei Jahre älter wie Vreni.

Der „Bruder Klaus", wie die alten Frauen den netten geistlichen Herrn nannten, kam fast immer an den gleichen Donnerstagen wie die Coiffeuse. Das bedeutete immer, enger rücken auf der Bank und zusätzliche Stühle. Die lieben alten Dorftanten hatten Vroni und Klaus auch im Verdacht, da muss doch was sein, denn schliesslich waren alle Männer schuldig. „Die Beiden" mochten sich gerne und ihr fröhliches Geschwätz zeugte meistens davon. Das gefiel dem Noldi gar nicht. Der Klaus hätte wirklich etwas später kommen können. Aber was soll's, jetzt kamen auch noch der Richard, Heinz und Tutu. Nur Moses fehlte, vielleicht war der alte Mann krank, sinnierte Noldi. Irgendwie fehlte ihm Moses heute.

Richard begrüsste alle Stämmler, aber Vreni herzlicher, sie war die Schwester seiner früh verstorbenen Frau. Er war erst 34 und vor zwei Jahren starb seine Rosi bei einem Unfall, sie fiel aus dem Bett und brach sich das Genick dabei. Zuerst hatte man noch ihren Mann verdächtigt, weil Fenster und Türen geschlossen waren, aber der hatte Nachtschicht in dem AKW oben bei der Aare, und von dort hätte er je eine Stunde Weg gehabt.

Schliesslich fanden die Spezialisten einen Zusammenhang zu einem Stapel Bücher vor dem Bett, mit Hautspuren. Der Bücherstapel dort hatte in unglaublicher Art und Weise diesen Genickbruch verursacht. „Bücher können töten" hiess es hier im Dorf seitdem, dabei las Rosi dicke Liebesromane statt Krimis. Man nahm an, dass sie via Bauchlage, zu Halb-Rückenlage am Bettrand, und dann im Schlaf zu dem Fall gekommen war.

Als die ganze „Achter-Runde" Plätze und ein volles Glas hatte, auch der Pfarrer trank mit, kam gleich der „grüne" Hansjürg mit seiner Standardfrage an Richard, der als einziger keinen Kurznamen hatte, denn Richi oder Ritchi fand der blöde. „Wann macht euer Mega-Töter endlich dicht?", und Mega, wie man Richard in seiner Abwesenheit nannte, sagte wie immer „Hast du endlich wieder einen Job". Damit war das Kapitel AKW vorläufig beendet.

Der lange Heinz erzählte als Ex-Offizier das Neueste über die Kampfflieger-Beschaffung, und Noldi ergänzte bei jeder kleinen Sprechpause das grosse Wissen. Beide waren voll im Element, wenn Noldi nur für eine Sekunde Luft holte, war Heinz nicht verlegen. Nach rund einer Viertelstunde Dauerbeschuss durch die alten Kämpen brach Vroni die tolle Information ab, und sagte einfach dazwischen „aber das Volk muss darüber abstimmen, ob wir das teure Spielzeug brauchen."

Und Paul, nicht gerade ein Grüner, aber sozial, fand gleich „man könnte auch mit einer viel billigeren Flug-Abwehr das gleiche Resultat erzielen, und die schönen Milliarden für noch bessere Bildung, Arbeitsplätze und gegen die neue Armut in der Schweiz ausgeben."

„Aha", donnerte Heinz, der Militärkopf, dazwischen, „und womöglich baut man noch Luxusvillen für die Asylanten mit dem Geld, und wenn dann die Russen durch Österreich ihre Panzer zu uns bringen, von den Bomben via Flugzeuge gar nicht zu angstträumen, dann stellen wir die besser gebildeten Arbeiter und die Kinder der nicht mehr Armen mit alten Sturmgewehren hin. Immer der gleiche Schwachsinn." So unrealistisch sprach Heinz nur, wenn es um sein geliebtes Militär ging.

„Aber entschuldige Heinz", kam gleich der andere Offizier, „sicher brauchen wir die Flugzeuge, aber die Panzer aus Österreich? Da müssten wir ja nur den Arlbergtunnel sprengen, und dann die wenigen Pass-Angreifer mit Panzer-Abwehrrohren empfangen, wenn die mit den schweren Kisten überhaupt die rund 800 Kilometer durch das Nachbarland schaffen."

„Über die Autobahnen fahren die heutigen Panzer doch mit über 60 Stundenkilometer, das heisst in rund 15 Stunden wären die schon da?" fragte rasch die ängstliche Stimme von Tutu.

„Nur bis zum Arlberg, dafür schon in 13 Stunden, wenn die Deutschen, Italiener und Franzosen, die ja auch alle

Flugzeuge haben, die nicht vorher aufhalten", kam die helle Stimme der klugen Vreni dazwischen.

„Moment Brüder", sagte Bruder Klaus, „wenn man euch hört, dann sind die Russen schon beim Mobil machen, und die vielen andern Länder sind schon fast besiegt, und Putin verzichtet auf alle Milliarden, die er sich von den vollen Schweizer Bankkonti schnappen könnte? Ja warum ist uns denn dann der nette Führer in den Jahren 1940-45 nicht auch besuchen gekommen?"

„Wenn ein russischer General nach Putin an die Macht kommt, der so verrückt ist, dass nur Macht und Sieg zählt, einer, dem Geld egal ist, was dann?" meinte Richard, „die kommen durch Österreich, weil es dort keine AKW hat, und bei uns jagen sie dann unsere Kraftwerke hoch, die sonst ja total sicher sind, sogar gegen Flugzeuge."

„Wenn die Russen wirklich verrückt werden und kommen, dann werfen die schon vorher ihre Atom-Sprengköpfe ab und die Franzosen und Engländer machen dasselbe in Russland" befürchtete Hansjürg.

„Also können wir nur beten, dass kein verrückter Typ russischer Chef wird", rief der Pfarrer. „Aber wenn kein Verrückter kommt", meldete sich nochmals Noldi, der Banker, „dann kommt niemand, denn Geld ist die einzige wirkliche Macht, und die kann man aus einem mit Atombomben zerstörten Land nicht holen."

Die Wirtin unterbrach die heisse Diskussion, indem sie zwei neue Flaschen Wein brachte und die Bestellung für das Abendessen aufnahm. „Ausserdem", erzählte sie beiläufig, „aus den aktuellen Nachrichten habe ich gerade gehört, dass zumindest Italien andere Probleme hat. Zwei weitere Schiffe mit vielen Flüchtlingen konnten im Sturm nicht mehr gerettet werden, man geht von über 300 Toten aus, keine Überlebenden im Moment".

„Amerika, Australien, Russland" redete plötzlich eine laute heisere Stimme dazwischen. Unbemerkt hatte sich Moses an den Nebentisch gesetzt, offenbar verkühlt, er hielt ein riesiges rotes Nastuch über seinen Kopf, es sah aus wie die Schweizer Flagge. Teilweises kopfschütteln rundherum. Aber schon war Hansjürg bei seinem Schreckens-Szenario der vielen armen Flüchtlinge aus Afrika.

Bis das Essen kam, waren die teuren Flugzeuge vergessen, alles sprach nur noch von den Katastrophen im Mittelmeer. „Man müsste eine Verbindung zu den Schleppern herstellen, und dann direkt bei denen die Leute mit einem guten Schiff übernehmen", sah Hansjürg eine Variante.

„Du spinnst doch, dann kommen gleich Millionen, nicht mehr Tausende", war Heinz überzeugt.

„Niemals so viele, denk doch an die Grenzöffnung der DDR, damals sind ja auch keine Hunderttausend ins Bruderland ausgewandert", wusste Paul.

Richard sah da keine Parallele, „denen in Ostdeutschland ging es nie so schlecht, wie den Leuten in den Kriegsgebieten, darum kamen auch weniger. Trotzdem hat das Milliarden gekostet."

„Ja richtig, viel Geld müsste Europa auftreiben, für irgendeine Lösung, aber das ganze Asylwesen kostet in Europa auch Milliarden, und es ist völlig unbefriedigend. Wahrscheinlich heisst die echte Lösung ganz einfach Geld, viel Geld", machte der Banker Noldi einen realen Einwurf.

„Kanada, Neuseeland" kam die Stimme vom Nebentisch, und schon schwieg Moses wieder für den Rest des Abends. Nur Noldi sah zum roten Nastuch, und dachte „wenn ich nur verstehen könnte, was er meint". Er nahm sich vor, den Alten in den nächsten Tagen zu besuchen. Vielleicht war doch ein vernünftiges Wort aus ihm herauszubringen.

Ein Mensch denkt seltsam

Noldi hatte nochmals eine schlechte Nacht. Wieder war er früh um drei Uhr aufgewacht, hatte sein Pipi gemacht, wieder das warme Bett aufgesucht, und dann wurde es früh am Morgen, bis ihn die Gedanken losliessen.

Dass nun auch noch Neuseeland dabei war, irritierte noch mehr. Und doch sagte ihm seine Intuition, dass an den Worten von Moses irgend etwas dran war. Schliesslich verzog sich Noldi mit einem grossen Lexikon, in dem alle Länder drin waren, in sein Büro einen Stock tiefer.

Ein Lexikon hatte er lieber wie das moderne Internet, obwohl dieses schnellere Informationen brachte. Er liebte es, zu suchen und durch andere Informationen aufgehalten zu werden. Also begann er mit Amerika. Dabei fiel ihm New York ein und er blätterte dorthin.

Er sah ein Bild mit den Twin Towers vom WTO, das Zentrum der Macht, rund viertausend Menschen lebten und arbeiteten dort. Dann fiel ihm ein, dass die Türme Opfer eines Terror-Aktes geworden waren. Je ein grosses Linien-Flugzeug wurde von islamischen Piloten in die Türme gesteuert, mit normalen Passagieren an Bord. Diese Piloten waren sogar teilweise von der USA ausgebildet worden, und die Geheimdienste hatten keine Ahnung davon. Der Organisator der Aktion war rasch gefunden, denn es gab Telefon-Aufzeichnungen.

Schrecklich, natürlich heulte nicht nur Amerika auf, sondern die ganze Welt, sogar die muslimischen Staaten.

Noldi dachte an den Tag nachher, als bekannt wurde, dass wahrscheinlich 3000 Menschen in diesen „Türmen der Macht" einen Horrortod fanden. Ein türkischer Geschäftsmann, der mit dem Islam eigentlich nichts zu tun hatte, kam damals in die Bank, um eine sehr grosse Summe Bargeld auf sein Konto einzuzahlen. Wenn es um viel Geld ging, wollte er, musste er als Boss sich selber darum kümmern. Da aber der Kunde schon ein Konto hatte, und die Bank wusste, dass seine Firma grosse Bauaufträge von der Regierung erhielt, machte man keine Probleme. Das Geld, in US-Dollar, wurde durch die Zählmaschine geschickt und dem Konto gutgeschrieben. Der Kunde wollte sogar auf einen schönen Einzahlungsbeleg verzichten, aber Noldi gab dem Türken trotzdem einen. Noldi war egal, was der damit machte, vielleicht spülte der den Beleg durch das WC hinunter. Die Bank hatte jedenfalls ihre Pflicht erfüllt.

Während der ganzen Transaktion gab es im Büro einen Kaffee und natürlich Schweizer Schokolade. Nur sie Beide sassen sich gegenüber und hatten ein kleines Gespräch. Der Türke kam rasch auf das aktuelle Tagesthema. „Dieser Mann, der das organisiert hat, ist ein militärisches Genie" sagte er, „Cäsar, Napoleon oder Hitler brauchten ganze Armeen zum morden, auch wenn man das Krieg und Eroberung nannte." Man wusste noch nichts von Bin Laden.

Noldi war entsetzt, und so sagte er nichts dazu, sondern lenkte rasch ab mit „die grossen Banken der Welt haben momentan ziemlich Probleme. Da haben Sie mit unserer kleinen Bank eine solide Plattform für ihre Geschäfte gefunden."

„Ja Geld ist sehr wichtig, also will ich das hoffen, mein Schwager hat mir vor Jahren von den sicheren kleinen Banken in der Schweiz erzählt." Man redete dann noch über andere Dinge, und bald verliess der reiche Türke die Bank wieder.

In dieser schlaflosen Nacht wurde ihm bewusst, dass schon nach wenigen Stunden in einigen Ländern des Islams dieser „geniale" Terror gefeiert wurde. Für sie war das ein heiliger Krieg gewesen, und nur die grosse Macht der USA hatte die Staatsoberhäupter dieser Länder zu Beileids-Noten statt zu Häme veranlasst.

Warum zum Teufel kam ihm das in den Sinn. Weil man am Stamm über das Militär geredet hatte? Ach nein, er hatte „Amerika" gesucht, und die leidtragende Stadt gefunden. Also nochmals suchen. Er fand natürlich alle Länder, die Moses aufgezählt hatte. Was war bei denen anders, als zum Beispiel bei einem Land wie der Schweiz. Das hatte der Moses nicht erwähnt. Auch nicht Österreich, Italien, Deutschland oder Frankreich, nicht Britannien oder Irland.

Er dachte noch eine Weile darüber nach, verglich die Grösse der Staaten und ihre Einwohnerzahlen. Ja, die waren gross, auch Afrika, obwohl er glaubte, dass dieser Kontinent keinen Zusammenhang mit den übrigen Ländern hatte. Oder ging es einfach um Kontinente? War Russland ein Kontinent? War Neuseeland einer? Vielleicht, aber gegen die anderen war es nicht wirklich reich, Afrika erst recht nicht.

Weil er bei der Suche noch bei anderen Stichworten hängen geblieben war, wurde es halb sechs, bis Noldi wieder in seinem abgekühlten Bett lag. Seine Lisbeth schnarchte ganz leise, doch müde wie er war schlief er sofort ein. „Und gebracht hat mir die Sucherei nichts" dachte er vorher noch.

Der Dorftrottel ist tot

Wieder waren viele gekommen, alle ausser Vreni. Sie hatte sich abgemeldet, weil einige ihrer Kundinnen länger geplaudert hatten, natürlich wegen dem verstorbenen Dorftrottel. Obwohl, jetzt wo er tot war, da sprachen alle nur noch von Moses.

Heute gab es auch hier nur ein Thema: Moses. Am Freitag morgen, nach dem letzten Treffen, war er einfach weggeschlafen. Als er weder zum Frühstück, noch zum Mittagessen aufgetaucht war, hatte man im Altersheim in sein Zimmer geschaut und ihn dort im Bett scheinbar schlafend gefunden. Nur weil er gar nicht schnarchte, wurde sein Tod rasch bemerkt. Denn dieses Geräusch kannte man von ihm.

Selbstverständlich tranken alle ein Glas Wein auf ihn, zum Gedenken. Das Begräbnis war schon vorgestern, am Dienstag, gewesen. Über 500 Menschen kamen zum letzten Geleit ihres weit herum bekannten Dorftrottels, viele standen draussen in der Kälte. Aber die Sonne schien wolkenlos, und wärmte traurige Herzen.

Moses lebte alleine, er ging sogar alleine einkaufen und besorgte seinen kleinen Haushalt selbst. Er hatte auch eine Bankkarte, mit der er manchmal kleinere Beträge abhob, am Schalter kannte man sein Gesicht. Er schaute dann nicht dumpf und abgestellt, sondern voller Erwartung, wenn er eine Zahl nannte. Sein Zimmer im Altersheim war billig und wurde von der Gemeinde bezahlt, die ihm auch jeden Monat etwas Geld überwies. Essen konnte er im Altersheim und abgesehen von seiner „Dummheit" war er gar nie krank gewesen.

Schon seit Kindesbeinen war er im Dorf, und als seine Mutter starb, er war gerade 15 Jahre alt, übernahm ihn die Gemeinde, denn ein Vater war nicht auffindbar, leider auch keine anderen Verwandten. Die Bauern im Tal gaben ihm regelmässig Hilfsarbeiten, und weil er nicht faul war, schätzte man seine Anstrengungen, denn weil er schwer von Begriff schien, bekam er nur anspruchslose Dinge zu tun. Obwohl die Kinder ihn neckten und einige Erwachsene versuchten, ein paar Worte mit dem Burschen zu wechseln, blieb er schweigsam und schaute nur dumpf drein.

Noldi kam der Verdacht, dass Moses vielleicht nur sprachlich behindert war. Möglicherweise steckte hinter dem Mann eine unbekannte Intelligenz, die man vielleicht in einer grösseren Stadt sogar entdeckt hätte.

Man sprach wenig an diesem heutigen Stammtisch. Alle schienen in Gedanken versunken. Plötzlich sagte Heinz „erinnert ihr Euch an die Versammlung wegen der Gemeinde-Fusion? Wenn Moses doch so blöde war, woher kannte er das Wort ‚Neuwahlen', mit dem alles erledigt war? Hat ihn einmal jemand gesehen beim Zeitung lesen? Nein? Niemand?" „Aber ich habe ihm zugesehen, wie er Radio gehört hat, er schien konzentriert, war aber so im Halbschlaf" sagte Paul. Und Tutu fiel auf, dass er immer neben ihnen war und vielleicht zuhörte. Man hatte sich nie weiter darum gekümmert, er sprach ja nicht.

„O doch, er sagte das letzte Mal ein paar Länder-Namen. Woher er die wohl kannte?" meinte Richard.

Noldi erzählte von seinen seltsamen Nächten, den Wachzeiten und seinen komischen Gedanken, mit denen er nicht wirklich weiter gekommen war.

„Das sind doch alles Länder mit Atomkraftwerken, ausser vielleicht Neuseeland, die haben ja heisse Quellen, Minivulkane", versuchte Richard eine Erklärung, „vielleicht wollte er die immense und sichere Kraft auch für Afrika, damit sich dort die Wirtschaft besser entwickelt."

Heinz schüttelte den Kopf "das ist wohl eine Werbeaktion für die sauberen AKW's, die du hier bringst, Australien hat ja gar keine Atomenergie. Oh nein, wenn in seinem dumpfen Kopf irgendeine Idee da war, dann eher zusammen mit den Kontinenten als Zielländer für die Flüchtlinge. Man hat in seinem Zimmer einen alten Atlas gefunden, und da waren in Amerika und Australien kleine Kreise mit Kugelschreiber dick angemalt. Ich habe hier eine Kopie mitgebracht."

Das war jetzt eine Neuigkeit, die Heinz als Richter anscheinen bekommen hatte, alle anderen wussten das nicht, auch die Zeitungen schrieben nicht darüber.

Alle Stämmler stürzten sich auf die Neuigkeit, und auch von zwei Nachbartischen kamen Leute herüber. Die Köpfe rauchten, ein paar Zigaretten qualmten, eigentlich nicht mehr erlaubt, aber auch der Richter konnte nicht ganz verzichten, deshalb war der Wirt grosszügig. Und immer wenn die Türe aufging, so wie jetzt für die verspätete Vroni, gab es frische, kalte Luft.

Natürlich wurde Vroni gleich von Noldi extra begrüsst und informiert. „Aha", trank sie einen Schluck Wein auf Moses, „endlich denkt ihr, dass auch der Dorftrottel brauchbare Gedanken hatte. In seinen jungen Jahren hatte er doch mit einigen von euch gar nichts zu lachen, oder Noldi?" Der nickte leicht beschämt, Kinder sind oft grausam und selber blöde dabei.

„Ob diese Gedanken, mit oder ohne die Kreise im Atlas, brauchbar waren, das ist hier die grosse Frage" gab Tutu seine Gedanken dazu, „man kann doch nicht von ein paar Wörtern und Kritzeleien auf einen intellektuellen Schatz schliessen, ich glaube, ihr steigert euch da in etwas hinein."

„Richtig, denkt doch selber, statt immer nur die Politiker mit ihren Verboten und Flüchtlingslagern denken zu lassen" kamen die Worte vom Pfarrer.

Da kam er der Vreni gerade recht, „das sagst gerade du, wo für dich die Bischöfe und der Papst denken, sonst müsstest du schon lange mehr Frauen in deiner Kirche haben, und zwar um Predigten zu halten, anstatt nur eine kleine Schar alter Weiber in der Frühmesse."

Der Pfarrer lachte, er mochte die Vreni gut, auch wenn sie nie zur Beichte kam, „naja, eines Tages bist Du auch so ein altes Weib, dann sehe ich Dich öfter in der Kirche", freute sich Klaus schon jetzt. „Aber was ist mit allen diesen Frauen hier in der Gemeinde, die bei den Wahlen nicht denken, sondern mit ihren Männern abstimmen. Das Denken verbietet die Kirche nicht, auch wenn sie anständige, gottesfürchtige Köpfe lieber hat."

Die Wirtin stand daneben, um die Bestellungen für das Essen aufzunehmen, und konnte da natürlich nicht schweigen, schliesslich hatte sie eine Matura gemacht. „Ich habe immer meine eigene Meinung, das wisst ihr doch. Aber für mich hatte Moses immer etwas spezielles", kam sie nun wieder zur Hauptsache, „ich glaube schon, dass an seinen Kreisen und Ländern etwas dran sein könnte."

Man akzeptierte die Aussage und bestellte.

Gäste mit Verstand

An einigen Nebentischen wurde nun auch über den eventuellen Sinn von Moses geringen „Aussagen" diskutiert. Vielleicht war Noldi mit seinen seltenen Schlafproblemen ein bisschen übergeschnappt, sagen würde dem das sicher niemand.

Gar üppig waren die Varianten, wenn auch nicht immer logisch oder gar brauchbar zur Lösung des Flüchtlings-Elends. Denn dass es möglicherweise eigentlich darum ging, hatten die Gäste hier verstanden.

Denn dumm waren die Leute hier nicht. Man hatte Kenntnis vom Krieg in Syrien, mit Millionen Flüchtlingen hinter den nahen Grenzen, in völlig überbelegten Lagern, wo trotz dem gewonnenen Leben Hunger, Durst, Krankheit und Hoffnungslosigkeit regierten. Man kannte die Geschichten aus Eritrea, mit fast unbegrenztem Militärdienst und fehlender Rechtssicherheit, wo man einfach eingesperrt werden konnte in furchtbare Gefängnisse, ohne irgendeine Anschuldigung und ohne Gerichtsverfahren.

Man wusste vom Kongo, vom Sudan und einigen anderen afrikanischen Ländern mit Kriegen, Terror, Gesetzlosigkeit und furchtbaren Glaubenskämpfern wie Boko Haram oder dem IS, diesem „Islamischen Staat". Eigentlich verstand man die Flüchtlinge. Aber nur die „Echten", die um ihr Leben flohen.

Der alte Idi in Uganda hatte zwölf Kinder von seinen fünf Frauen. Der älteste Sohn war bald neunzehn, der dritte Siebzehn und hiess auch Idi. Auch wenn die Familie viele Schafe besass, hatte der Alte noch Träume für seine Kinder. Deshalb rief er den klugen jungen Idi, gab ihm Reisegeld und schickte ihn in eine sicher bessere Zukunft. Natürlich hatte er auch von toten Flüchtlingen und solchen, die aus Europa wieder zurückgeschickt wurden, gehört. Aber das war Kismet, und sein Sohn Idi war schlau und stark. Schliesslich gab es in Europa auch Hunderttausende sans-papier, die schon jahrelang irgendwo schwarz arbeiten und leben konnten. Seine Familie musste die Chance Europa nutzen. Dann hatte er selbst nicht umsonst gelebt.

Die Zahl 1291 fiel einem Gast ein und der Wilhelm Tell, der hatte sogar auf seinen Sohn geschossen, zumindest auf den Apfel. So viel hatten ihre Väter auf sich genommen, um nun in einem guten Land zu Leben. Warum zum Teufel liessen sich die Afrikaner und andere Auswanderer alles von oben gefallen? Einzig ganz extreme Gruppen wie Boko Haram und die IS taten etwas dagegen. Vielleicht musste man wirklich die gewinnen lassen, dann konnte man weiter schauen, wenn die alten Despoten weg waren.

Doch die meisten Flüchtlinge waren bequem, sicher nur auf ein besseres Leben in Europa aus, meist faules Gesindel, die den Schweizern die Jobs und die Frauen stehlen würden, die mussten weg, sofort zurück, kein Pardon.

Ja, dachte sogar der Pfarrer, wir wollen nicht wegen denen auf unser gutes Leben verzichten. Wir und unsere Vorfahren haben viel für ein besseres Leben geleistet. Das lassen wir und nicht weg nehmen. Das Boot bei uns ist voll.

Einzig Tutu sinnierte für sich, es müsste doch möglich sein, dass alle Menschen auf dieser „einzigen" Welt ein Leben in Sicherheit und Würde finden könnten. Schon in der UN-Charta von 1945 waren solche Punke, Menschenrechte, aufgeführt.

Wenn er sich recht erinnerte, stand dort auch etwas von Recht auf Nahrung, Bildung und andere hier selbstverständliche Dinge.

In der Verfassung der USA stand doch schon im neunzehnten Jahrhundert, dass alle Menschen dort das Recht haben sollten, nach ihrem persönlichen Glück zu streben. War ein solches „streben nach Glück im Ausland" wirklich so vermessen?

Noldi sass später stumm bei seinem Kalbsbraten mit Salat, er wollte ein paar Kilo abnehmen, „deshalb braucht mein Bauch weniger Blut und lässt mehr übrig für meine Hirnzellen", schmunzelte er in sich hinein, denn er hatte gehört, dass diese Deutung vom zu vielen Blut im Bauch vielleicht falsch war.

Es wurde dann noch eine Weile am Stamm geschwatzt, über profanere Sachen, wie den Ausbau vom Freibad ab April. Und Noldi würde sogar ein Hallenbad mit finanzieren. Dann müsste er nicht mehr in die Hauptstadt fahren, um auch im Winter schwimmen zu können. Schliesslich wollte er abnehmen.

Ein Richter hat morgendlich Zeit

Heute Nacht hatte er einen feinen Traum. Er sass, ganz klein, auf einer der Neujahrs-Raketen und zischte über die Kontinente hinweg. Dann ging der „Zisch" aus, und er fuhr mit einem einfachen Pferdefuhrwerk durch eine kalte Wüste, ohne dass er irgendwie mit dem heissen Teil gelandet wäre. Der Schimmel hob den Schwanz, spendierte ein paar Rossäpfel und brummte dabei mehrmals „immer muss ich, immer muss ich", dann wachte Heinz auf. Blöder Traum, er schüttelte nur den Kopf und vergass den schönen Flug, anstatt das Erlebnis nachträglich zu geniessen. „Kontinente" dachte er noch.

Der Richter war Frühaufsteher, nach halbsechs, egal ob noch dunkel wie jetzt Ende Februar, da hielt ihn nichts mehr im Bett. Er brauchte ein grosses Mahl am Morgen, um richtig wach zu sein. Trotz seiner 56 Jahre schwang er sich locker aus seinem breiten Junggesellen-Bett, machte 5 bis 6 Liegestützen, man soll nicht übertreiben (er lag dabei sogar mit dem Becken auf dem Boden), spazierte dann am „für Sitzungen" vorbei in die Küche, und schaltete zuerst einmal die Kaffeemaschine ein, die in einigen Minuten bereit sein würde. Dann ging es wieder zurück zum Topf. Anschliessend gab es einen Espresso, und zwei Eier in die Bratpfanne. Drei dünne Scheiben Brot landeten auch bei den Eiern, er wollte es ein wenig knusprig.

Dann belud er ein Tablett damit, und noch mit einem Yoghurt, einer weiteren grossen Tasse Kaffe und dazu einem Glas Milch. Er spazierte zu seinem Lieblingstisch beim Fenster in der Stube, und freute sich über die letzten Sterne am noch dunklen Himmel, Auf dem Tisch brannte nur eine Kerze, sein ewiges Licht, allerdings nur für das Frühstück. Inzwischen war es schon sechsfünfzehn und einige freundliche Autolichter zogen durch das katholische Tal, in dem um sechs Uhr früh die Glocken versucht hatten, die Menschen zu wecken und zum rechten Glauben zu bekehren.

Den flüchtigen Traum hatte er nur für eine halbe Minute in seinem Kopf behalten. Aber schon neben den ersten Bissen wurde ihm der gestrige Abend wieder bewusst. Eigentlich war er ein klarer, logischer Mensch, den vor allem seine Gerichtsfälle beschäftigten. Diese Moses-Story passte ihm gar nicht. Das Elend der armen Flüchtlinge beschäftigte ihn kaum, die sollten doch in ihren Dörfern bleiben. Aber irgendwie reizte es ihn, wenigstens zu beweisen, dass die Wörter von Moses nichts mit Klugheit zu tun hatten.

Auf dem Tisch lagen noch einige Kopien aus dem Atlas, mit den dicken Kreisen auf den Kontinenten. Weil es draussen noch nichts zu sehen gab, schaute er die Blätter erstmals richtig an. Ein freundlicher Polizist hatte ihm die Abzüge auf seinen Wunsch gemacht und vorbei gebracht. Schwarzweiss. Trotzdem konnte man Wüsten, Seen, Wälder und grosse urbane Teile erkennen. Genüsslich löffelte er als Dessert sein Waldbeeren-Yoghurt, trank noch einen Schluck schwarzen Kaffee, und legte die Blätter nebeneinander aus. Amerika,

Russland, Australien, Neuseeland und mit etwas Abstand Afrika. Dass dieser Kontinent nur das Problem bedeutete, wenn überhaupt etwas dahinter war, schien ihm klar.

Was hatten die vier Gebiete gemeinsam, dass Moses sprach und Kreise hinein zeichnete. Natürlich waren alle sehr gross, sogar Neuseeland war fast 7 mal so gross wie die Schweiz, wenn es auch zum Pseudo-Kontinent Ozeanien gehörte. Speziell war höchstens, dass dort bei den „Kiwis" nur gut vier Mio Menschen waren, sogar die kleine Schweiz wurde von der doppelten Anzahl bevölkert.

Heinz war immer gut in Geographie gewesen, und durch seine regelmässigen Reisen war das eines seiner Hobbys geblieben. So sah er mit einem Blick auf Russland, dass es mit über 17 Mio km2 wohl kein Kontinent, aber fast doppelt so gross wie die USA war. Aber halt, was heisst da Amerika? Warum sollte das nur USA bedeuten, da könnte ja ganz Amerika gemeint sein, also auch die Riesenstaaten von Südamerika, vor allem Brasilien. Andererseits hatte Moses noch Kanada erwähnt, also einen Teil von Nordamerika. Dann war mit Amerika eventuell doch nur die USA gemeint ?

Er schaute auf die Atlas-Kopien. Tatsächlich, ein Kreis war um einen Teil des Missouri gemalt, einer der grössten Flüsse der neuen Welt, also ein Teil der USA. Da sah er, dass auch in Argentinien ein Kreis war. Warum nicht in Brasilien. Das Land war fast 3 mal so gross wie der lang gezogene südliche Nachbar, und hatte fast 5 mal soviel Einwohner.

Aber das Verhältnis Fläche zu Einwohner sagte nicht alles, denn Brasilien hatte riesige Urwälder, Argentinien aber viel flaches Land, die fast leere Pampa. Und mit nur ca. 40 Mio Einwohnern, auf einer Fläche 10 mal so gewaltig wie Neuseeland, lebten auch hier rund gleich viele Menschen pro km2 wie auf den entlegenen Inseln der Maori. Denn 10 mal 4 Mio Neuseeländer konnte er noch im Kopf rechnen. War das ein Schlüssel? Länder mit wenig Menschen auf viel Fläche?

Wie war das in Russland, aha, da war der Kreis weit im Osten, sogar relativ Nahe beim Ochotskischen Meer. Mit 145 Mio Menschen auf der 6 mal grösseren Fläche wie Argentinien. Das war ja 60 mal Neuseeland, also 60 mal 4 Mio Menschen, somit müssten in Russland ja 240 Mio Einwohner sein. Blöde Schlussfolgerung, es gab eben einfach noch weniger Russen pro Fläche wie in den schon sparsam besiedelten Ländern Argentinien und Neuseeland. Heinz nahm den alten Taschenrechner und fand nur 2,5 Mio Russen auf der Fläche von Neuseeland. Aber in Russland war natürlich viel unbewohntes, schwer bewohnbares Land, wie Sibirien und grosse Berggebiete.

Australien war noch extremer, mit nur 20 Mio Menschen auf einer Fläche, die fast 200 mal die Schweiz bedeutete. Und da bei uns leben rund 8 Mio Schweizer, mitsamt den Ausländern, rief er sich in Erinnerung.

Natürlich war Kanada auch mit einem Kreis versehen, ein Land mit rund 10 Mio km2, glatt 250 mal so gross wie die Schweiz, und nur 35 Mio Einwohner, also einfach zu rechnen, nur dreieinhalb Menschen pro km2, da lebt ja fast niemand. Oder wie sein Onkel einmal gescherzt hatte, dort ist ja „kana da".

Wie ist das mit dem Rest-Russland, dem immer noch riesigen multi-Ethnien-Land mit 38 Regionalsprachen? Die hatten mehr Land aber auch mehr Leute, Heinz nahm den Taschenrechner. Aha, doppelt so viele Menschen, 8 pro km2.

Wenig besiedeltes Land scheint wirklich ein Aspekt zu sein.

Interessant. Noch ein Land vom alten Moses? Was hatte er gesagt: Kanada, Amerika, Australien, Neuseeland, Russland und? Nichts mehr. Aber Argentinien hatte auch einen Kreis. Heinz begutachtete nochmals die Atlas-Kopien. Tatsächlich, noch ein Kreis, sogar in Afrika, halb in der Sahara. Wohl ein Gebiet, aus dem Flüchtlinge kamen. Also wo noch.

In Pakistan räumte der tüchtige Rikschafahrer Simon seine Ersparnisse aus dem Blechbehälter unter dem Bodenbrett. Er hatte genug von hier, seine Schwester war von einem islamischen Mob gesteinigt worden, weil sie Christin geworden war. Wie er auch, aber er war gross und stark, er hätte sich zu wehren gewusst. Doch das Dreizehnjährige zarte Mädchen hatte keine Chance.

Und er war schuld, er hatte sie mit dieser fremden Religion bekannt gemacht, ihn hatten die Lehren von diesem Christus überzeugt. Die Eltern waren schon früh gestorben, er war der letzte der Familie. Nun würde er nach Europa gehen, wo alle Religionen in Frieden zusammen lebten. Sein Land hatte einen guten Mann wie ihn nicht verdient. Er hatte etwas englisch gelernt und geholfen, ein richtiges Haus aufzumauern. Man würde ihm als Christen sogar den Flüchtlings-Status zuerkennen, da war er sich sicher.

Noch ein Kreis in Afrika, Sudan, ein Land mit ähnlicher Grösse und Anzahl Einwohner wie Argentinien. Auch ein Flucht-Land? Möglich, aber schon vor der Abspaltung des Südsudan gab es Konflikte, seither ist es nicht wirklich ruhig geworden, dachte Heinz. Und dann war das, wie auch Angola, ein Islamischer Staat auf Basis der Scharia, und um Angola gab es keinen Kreis. Ausserdem hatten beide einen schwachen Rechtsstaat. Langsam verstand er gar nichts mehr. Und weitere Kreise fand er nicht mehr. Aber ein Dreieck um ganz Indien. Also das war nur 20% grösser als Argentinien, hatte aber beinahe 30 mal mehr Einwohner. Was sollte denn das. Gerade hatte Heinz gedacht, ein System gefunden zu haben, nämlich Länder mit relativ wenigen Einwohnern.

Und jetzt das Land mit der Super-Bevölkerung, welches dank Familien mit vielen erlaubten Kindern wahrscheinlich noch China überholen würde, weil dort seit Mao die Ein-Kind-Familie galt. In Indien lebten also rund 370 Menschen auf einem km2, über 80% mehr als in den relativ dichtbesiedelten Ländern Schweiz, Italien oder Pakistan, die alle circa 200 Leuten pro km2 ein Leben boten. Aber dieser Teil-Kontinent Indien gehörte wahrscheinlich nicht zu den anderen Ländern, weil er ganz in einem Dreieck war, statt mit einem Kreis geschmückt zu sein.

Heinz schüttelte leicht den Kopf, sah auf die Uhr, schon wieder eine Stunde später. Er beschloss, sich morgen nochmals mit dem Problem zu befassen, auch wenn diese Länder von Moses vielleicht nur dummes Zeug waren.

Kreise und Dreieck

Eine Woche später fand sich nur eine kleine Gruppe beim Stamm. Noldi wie immer als Zahler, Heinz mit einer Mappe, Bruder Klaus, und der noch immer arbeitslose Hansjürg, der sich auf Essen und Wein freute.

Die Temperaturen waren ganz unerwartet auf plus 6 Grad gestiegen, und das schon Anfang März. Der Föhn blies gemütlich. Viele Leute vertrugen das nicht, wie auch Paul und Tutu, die jetzt beide mit fiebriger Angina zu Hause waren. Noldi erzählte aus seiner Jugendzeit, er war mit 17 Jahren in einem Internat, und sollte zu Weihnachten nach Hause fahren, wurde aber krank. Als er der Mutter ein Telegramm schickte mit „kann nicht kommen, liege mit Angina im Bett", da telegraphierte die zurück „schmeiss dieses Weib raus und komm sofort heim." Alle lachten freundlich über den alten Scherz.

Hansjürg war hungrig, bestellte gleich und schenkte sich Dole nach. Er würde heute früher gehen, eines der Kinder und seine Frau waren stark erkältet, da wollte er denen noch heissen Tee mit Honig ans Bett bringen. Das half immer. Heute gab es nichts speziell Neues, abgesehen von den diversen Aufständen und lokalen Kriegen, so wie vor gut 150 Jahren noch in der Schweiz. Damals als die Katholiken und Protestanten im November 1847 ihren Sonderbundskrieg hatten, bevor es dann 1848 die heutige Verfassung gab, die mit Neutralität auch für Stabilität in den späteren Weltkriegen sorgte.

Noch bevor das Essen kam, holte Heinz aus seiner Mappe die Blätter von den Atlas-Kopien, die er zu verstehen versucht hatte. Er hatte sich fünf weitere Kopien machen lassen, verteilte drei davon an die anwesenden Stämmler, und erzählte von seinen Nachforschungen und Gedanken dazu.

Mitten in seinen Schilderungen brachte der Wirt das Essen, und schaute auch noch auf die Pläne, wie Heinz die Kopien nannte. Der Richter hatte fast jeden Tag beim Frühstück weiter überlegt, denn mittlerweile war er fest davon überzeugt, dass diese „Kritzeleien" einen Plan im Kopf von Moses als Basis hatten.

„Der wollte uns irgend etwas Wichtiges sagen, aber er konnte nicht" teilte Heinz den Anderen mit. „Leider kann ich aus all den Fakten keinen klaren Schluss ziehen. Ich sehe nur, dass er Kreise in Länder mit viel Platz und wenig Einwohnern gemacht hat. Aber abgesehen vom Sudan, der wahrscheinlich auch als Fluchtstaat gilt, sind alle übrigen Staaten verhältnismässig reich. Sollen diese Länder Geld spenden oder einfach Flüchtlinge aufnehmen? Moses hat ja immer beim Thema Flüchtlinge die Länder-Namen gesagt. Dann noch das Dreieck um Indien, was soll das, vielleicht habt ihr eine gute Idee."

„Das hast du ganz toll gemacht" lobte der Pfarrer, „und mit den Schlüssen, die du aus deinen Fakten gezogen hast, liegst du sicher auch richtig". Während die übrigen Stämmler schon die letzten Bissen mit dem Dole hinunter spülten, begann Heinz, der ständig redete und seine Fakten präsentierte, erst damit, die nun kalte Kalbsleber mit Rösti zu verspeisen. Er rief den Wirt, damit sein Lieblingsgericht aufgewärmt wird.

Alle nahmen sich die Blätter und sahen sie genauer an. Noldi sprach als Nächster, erzählte davon, dass er noch mehrmals nachts aufgewacht war und Gedanken gewälzt hatte. „Ich habe die Kopien ja das letzte mal nur kurz gesehen, aber zusammen mit den von Moses genannten Staaten bin ich zu einer ähnlichen Erkenntnis wie Heinz gekommen. Sicher geht es um Flüchtlinge, und ich als Banker kann euch sagen, ja es geht auch um Geld dabei, sicher um sehr viel Geld, nur so kann man das Problem der armen Menschen aus den Drittwelt-Ländern lösen. Zum Glück habe ich das Indien-Dreieck nicht gesehen, das hätte mich wieder verwirrt."

Hansjürg stimmte dem voll bei, hatte aber eine Idee zu Indien. „Vielleicht war das die Lösung, durch die Kasten dort, die zwar schon lange abgeschafft wurden, aber im alltäglichen Leben noch immer gelten, waren sehr viele Menschen dort anspruchslos und an ihr schlechtes Leben gebunden. Wenn man den Flüchtlingen so ein Kismet-ähnliches Dasein sinnvoller machen könnte, als die gefährliche Flucht in ein fast unerreichbares Paradies, dann würden die zu Hause bleiben", meinte er.

„Und wozu die Kreise" fragte Noldi zweifelnd, „ausserdem bleiben heute schon die meisten Menschen in diesen Ländern fatalistisch dort wo sie sind, weil ihnen der Mut und das Geld für eine Flucht über das Meer fehlen."

„Richtig, das Geld, die Kreise könnten wirklich dafür stehen, ausser dem Kreis nahe der Sahara und im Sudan, was immer die dort sollen. Mit viel Geld von den reichen Staaten könnte man via Hilfs-Organisationen den Flüchtlingen an den Grenzen ein besseres Leben bringen", argumentierte Hansjürg gleich weiter.

„Vielleicht könnte man mit sehr viel Geld auch die Kriegsherren und Despoten dazu bringen, dass aus ihnen gute Herrscher werden" hoffte der Pfarrer.

„Dass es den Typen um viel Geld geht und sie den Hals nicht genug kriegen können, ist sicher wahr. Aber die wollen ja das eigene Land ausbeuten, via Öl, seltene Erden für die Elektronik und diverse andere Rohstoffe. Und ausserdem geht es um Macht und Ansehen, oft auch um fixe religiöse Denkweisen, die meistens Eroberungen oder Glaubenskriege produzieren. Solche fundamentalistische Herren kann man meist gar nicht bestechen, nicht einmal mit Milliarden. Pol Pot und die Roten Khmer wären auch nicht mit Geld aufzuhalten gewesen" war Heinz völlig überzeugt.

Nachdem Hansjürg schon gegangen war, wurde noch eine Weile weiter diskutiert, man fand Vermutungen und verwarf sie wieder. Sogar die Wirtsleute setzten sich dazu, die Beiz war fast leer, und sahen sich die Atlas-Kopien an. „Eigentlich hat er die Kreise alle gleich gross gemacht" sah die Wirtin, „nur der bei der Sahara ist viel grösser." „Ja" nickte der Wirt, „vielleicht dachte Moses an reichliche Bodenschätze unter dem Sand."

Nach einer Weile, er hatte doch noch gut gespeist, sinnierte Heinz, der böse Flüchtlinge-Verachter, ganz ungewohnt. „Vielleicht müsste man doch alle Flüchtlinge, die guten Willens und anständige Menschen sind, gleich behandeln. Ihnen bei uns eine Chance auf ein besseres Leben geben. Diese Menschen könnte man für uns einspannen, sie für uns arbeiten lassen, für wenig Geld."

Und dann doch noch in seinem rauhen Ton „wie früher die Sklaven, für die bezahlte man sogar. Wenn man von denen gute Arbeit wollte, musste man die zusätzlich auch noch gut behandeln, das kostete ebenfalls. Echte Flüchtlinge sind anfangs nicht anspruchsvoll, und in ein paar Jahren kann man die wieder zurückschicken, dann haben die noch etwas für ihr Land gelernt".

Die Runde staunte über seine unerwarteten Aussagen, aber man war müde, und schliesslich ging man nach Hause, mit vielen Gedanken, den Plänen mit seltsamen Kreisen, und fühlte sich doch ziemlich hilflos.

Beim Pfarrer zuhause...

Der Bruder Klaus konnte nicht kochen und schrieb lieber an seinen Predigten, als sich um den Haushalt zu kümmern. Dafür hatte er eine wirklich gute Pfarrersköchin, die alle notwendigen Arbeiten übernahm. Die Trudi war eher rundlich und hatte ein sehr friedliches Gemüt. Leider hatte sie nie einen rechten Mann gefunden, alle wollten nur vorüber-gehend an ihrem grossen Busen naschen, und so hatte sie mit schon 36 Jahren einen Algerier im Bett gehabt, der ihr zum baldigen Abschied eine reizende kleine Tochter „schenkte". Oh doch, diese hübsche quirlige Susanne, die sie natürlich nur Susi rief, empfand die nicht so attraktive Trudi als wahres Geschenk, auch wenn der Kindsvater verschwunden blieb.

Klaus sass schon um 11 Uhr am geräumigen Esstisch, die Atlas-Kopien vor sich ausgebreitet und werweisste vor sich hin. In einer halben Stunde war Zeit zum Mittagessen, er speiste gerne früh, zusammen mit Trudi und Susi. Die beiden weiblichen Wesen hatten eine nette kleine Wohnung im Pfarrhaus, und die Lästertanten tuschelten heimlich, ob der Pfarrer sich wohl immer an die moralischen Grenzen hielt, oder ob die Trudi den jüngeren Mann hin und wieder verführte oder umgekehrt. Trudi war im Dorf als besonders züchtig bekannt, seit sie ihre Susi hatte. Aber gibt es eine Garantie zwischen „jungen Leuten auf engem Raum?" Jedenfalls waren bei Dunkelheit die Vorhänge immer sorgfältig zugezogen.

Zwanzig nach elf kam die kleine Susi fröhlich nach Hause. „Grüezi Herr Pfarrer" rief sie munter, „wir haben heute gelernt, dass es noch den Islam gibt, schon seit über 1000 Jahren, mit Allah und Mohammed. Und meine Freundin Antonia sagt, das ist ganz ein anderer Gott wie unser lieber Jesus, ein böser, der will dass wir alle sterben, weil wir Ungläubige sind. Stimmt das?"

Tolle Frage, dachte sich der Pfarrer, versuchte aber zu beschwichtigen. „Nein nein, der ist eigentlich gut, und dabei sogar der gleiche einzige Gott wie bei uns, nur ein Teil der Menschen im Islam scheinen noch im Mittelalter zu leben. Sie wurden, und werden noch immer, von einigen ihrer Religionslehrer fehlgeleitet und machen nun leider schlechte Dinge. Aber es sind nur wenige Mohammedaner so, die meisten sind auch anständig, freundlich und gottesfürchtig wie wir".

Das verstand Susi, auch bei den Katholiken musste man Gott fürchten, und wenn man nicht brav war, kam man in die Hölle. „Ist der Islam weit weg" wollte sie wissen. Weil die Atlas-Kopien noch auf dem Tisch lagen, sagte Klaus „schau einmal, hier in Afrika wohnt ein grosser Teil von den Islamisten. Wenn man von der Schweiz aus ganz hinunter nach Italien reist, und dann ein Schiff über das Mittelmeer nimmt, dann kommt man in den riesigen Kontinent Afrika. Dort gibt es 50 Länder, und ein grosser Teil davon hat mehr Land und Menschen als die Schweiz." Aufmerksam hörte die kleine zu und liess sich die Blätter zeigen. Von Amerika, China und Europa, Russland und Indien hatte sie schon gehört, aber momentan lernten sie noch viel von der Schweiz, und ausserdem etwas von den nahen Nachbarstaaten.

Mami Trudi rief „das Essen ist fertig, Susi geh dir die Hände waschen und komm zu Tisch."

„Und bring bitte diese Blätter in mein Zimmer", sagte der Pfarrer. Susi folgte gleich, aber weil sie es eilig hatte mit Hände waschen, legte sie die Blätter ins eigene Zimmer.

Kinder-Träume

Heute erschien gleichzeitig mit Noldi der Pfarrer. Der schien nervös, sonst gar nicht seine Art, und erst nach einem Schluck Dole ging es ihm besser. „Na, Bruder Klaus" scherzte fröhlich Noldi, „hat jemand eine schwergewichtige Beichte abgelegt?"

„Wer im Glashaus sitzt, soll keine Steine werfen" antwortete Klaus, und schenkte dem reichen Herrn einen kritischen Blick. Dann kam er jedoch gleich zur Sache. „Ich habe heute die Atlas-Blätter von Moses gesucht, weil ich nochmals seine Gedanken verfolgen wollte. Aber die waren weg." Noldi schaute erstaunt, kein Problem es gab ja genug Kopien. „Gott sei Dank sind sie wieder aufgetaucht, die kleine Susi hatte sie in ihrem Zimmer. Schau einmal Noldi, was die Kleine angestellt hat" war Klaus schon wieder erregt, und legte die Blätter auf den Tisch.

Gerade kamen noch Heinz und Tutu dazu. Nach der Begrüssung und einem Prost mit dem Dole nahm Noldi ein Blatt in die Hand, zufällig gerade Indien. „Na und", sagte er begütigend, „das kennen wir ja, was hat denn die kleine Susi so schlimmes gemacht?" „Nicht dieses Blatt", rief Klaus aufgeregt, schau einmal hier" und er zeigte Australien und Neuseeland. Heinz schaute auch drauf, und sah gleich, was Klaus so ärgerte, „aha, die Kleine hat auch gezeichnet", lachte er belustigt. In die Kreise hatte das Mädchen winzige Vierecke gezeichnet, das schien alles. „Wo ist das Problem" kam Noldi, „wir können dir einfach neue Kopien machen."

„Das sieht aus wie kleine Häuser in den Kreisen" meinte Tutu, der als Kurzsichtiger die besten Augen für solche Details hatte. „Richtig, das hat Susi auch gesagt, und der Zusatzkreis in der Mitte ist ein Brunnen, weil sie von ihrer Mutter gehört hat, dass in Australien nie Regen fällt und deshalb die Leute dort kein Wasser haben" erzählte Bruder Klaus mit fast missionarischem Eifer.

„Warum beschäftigt dich das so, in vielen Ländern der dritten Welt helfen NGO's, diese Hilfswerke, den Menschen dort neue Brunnen in ihren Dörfern zu bauen" meinte Tutu dazu. „Ja schon, aber Susi hat gesagt, sie hat nun die Städte von Moses fertig gezeichnet."

„Wie bitte, dann gibt das auch einen Sinn in einem riesigen Land wie Australien" rief Noldi ganz aufgeregt, „dort gäbe das auch einen Sinn, neue Städte für die Flüchtlinge."

Inzwischen waren das Wirtepaar, Hansjürg, Paul, Richard und Vreni auch am Stammtisch eingetroffen, und standen ganz verwundert mit Blick auf die Blätter herum. Paul, der nie ganz glücklich war, wenn sein Chef, der Pfarrer, auch zum Stamm kam, und schon überlegt hatte, wieder frühzeitig zu gehen, setzte sich erst einmal hin, holte Luft und rief „Halleluja, das wäre endlich eine echte Lösung für die vielen Flüchtlinge, die niemand will.

Wie damals, als England seine Sträflinge hierher brachte. Die fingen auch bei Null an, und erschufen mit der Zeit so riesige Städte wie Sydney und Melbourne, sogar noch ein Städtchen mitten in der Wüste, Alice Springs."

„Halt junger Mann", kam Heinz, der realistische Pessimist, „da sind gleich zwei Dinge nicht fertig gedacht. Erstens hast du die Politik vergessen, die Aussis lassen das sicher nicht zu, und die andern Länder auch nicht. Zweitens ist das nur so eine Idee aus einem Kinderkopf, ohne einen Bezug zu den Tatsachen des Lebens. Vielleicht hat sie wirklich Städte gezeichnet, aber mit nur einem Brunnen können die nicht sehr gross sein. Und hat sie auch gesagt, dass diese vielen Orte für die Flüchtlinge sein sollen?"

„Das nicht direkt" gab Klaus eingeschüchtert vom langen, wichtigen Richter zu. „Eigentlich wollte sie sichere Ställe, Platz für die wilden Pferde, Kamele und Känguruhs, von denen sie gehört hatte, dass man die abschiessen will, weil es zu viele gibt, aber auch mit vielen Menschen dazu, die alle diese Tiere füttern."

„Das spielt doch gar keine Rolle, was die Kleine gedacht hat" rief Richard, „Paul sieht das schon richtig, neue Städte für Menschen, Menschen die niemand will, Menschen die vor Kriegen, Verfolgung und ständiger Hoffnungslosigkeit flüchten, die einfach einen besseren, sichereren Platz zum Leben für sich und ihre Familie suchen. Und mit nur einem AKW kann man heute so viel Energie erzeugen, dass eine Stadt aus der Ferne mit

Wasser versorgt werden kann. Wasser aus dem Meer, das man via AKW-Energie zu Trinkwasser macht."

„Du mit Deinem antiken AKW, das will heute kaum mehr jemand" meldete sich der alternativ denkende Hansjürg, „man kann auch mit moderner Windenergie und Wellen-Kraftwerken im Meer heute alles an Energie erzeugen, was für eine Stadt notwendig ist. Richtig ist, dass viel Energie so eine neu zu bauende Stadt sicher viel schneller in Schwung bringen würde, als das damals die Sträflinge konnten."

„Und man hätte sogar Arbeit mit so einem Stadtbau, auch wenn man zuerst mit einem Musterdorf anfängt. Wenn den Despoten erst einmal genug unglückliche Menschen davon gelaufen sind, ändern sich die blöden Herrscher vielleicht" hoffte Bruder Klaus.

„Das glaube nicht einmal ich, mir kann man sonst alles erzählen" befürchtete Vreni, „nicht die neuen Dörfer, Städte irgendwo, wie sich Moses das vielleicht erträumt hat, das lässt sich wahrscheinlich aufstellen. Aber dass die raffgierigen und nach Macht besessenen sich ändern, das kann man vergessen."

Vreni holte Luft und alle lauschten. „Weil aber immer mehr Menschen in den Hungerländern und Kriegsländern ein Handy haben, kommen diese endlich zu den Informationen über das Paradies in den heute friedlichen Industrie-Nationen, die nur noch scheinheilig Kriegs-Waffen liefern. Mit dem verbreiteten Wissen wird die Flüchtlingswelle natürlich nur noch ansteigen. Ja, sicherlich, so eine globale Lösung brauchen die Menschen in den schlechten Staaten."

„Und dann, wenn die schlechten Despoten nicht mehr vom Westen gehätschelt werden, weil die reichen Staaten ihr Entwicklungsgeld lieber dem nachhaltigen Aufbau von neuen Lebensgrundlagen für die endlosen Flüchtlinge irgendwo ausserhalb des Dauerelends spenden, dann bekommen die dummen Machthaber hoffentlich ein Image-Problem. Kein Geld mehr und keine Einladungen mehr zur UNO und anderen Prestige-Anlässen", sinnierte Paul hoffnungsfroh.

„Ich habe es ja schon immer gesagt, es braucht Geld, viel Geld und nochmals Geld, und dann könnten solche neuen, von den Flüchtlingen mit Hilfe moderner Länder selbst errichteten Städte, durchaus Wirklichkeit werden" konnte der reiche Banker Noldi ergänzen, „und wahrscheinlich braucht es dazu auch Bestechungsgeld für die Präsidenten, für Minister, damit die dem bauen von solchen Dörfern zustimmen. Es müssen einigermassen seriöse Länder sein, aber auch dort hilft ein ‚Geschenk' dabei, mit einem Anliegen weiterzukommen."

Bruder Klaus ergänzte „das ist leider richtig. Aber apropos Dörfer bauen: die kleine Susi hatte auch so eine Idee betreffend Arbeit. Für den Bau ihrer Tier-Dörfer wollte sie natürlich den Onkel Thomas und dessen Freund Peter beschäftigen, die beide gerade arbeitslos sind. Susis Mutter schimpft eben immer mit denen, weil sie ständig daheim herumhocken." Klaus grinste dazu, Kinder haben für alles eine einfache Lösung.

Man redete, entwickelte Ideen zu den Stadtentwicklungen, redete und war selig, dass man eine Lösung für ein gigantisches Problem gefunden hatte.

Dann kam das inzwischen bestellte Essen, und hungrige Mäuler kauten und dachten dabei an hungrige, todesmutige Flüchtlinge.

Nach den ersten paar Bissen stand der Pfarrer auf, faltete die Hände und sprach „Lieber Gott, auch wenn die Kreise und Worte von Moses und die Zeichnungen von einem kleinen Mädchen nicht unsere Lösung vorausgesehen haben, so danken wir dir für diesen Abend und unser Essen." Er hob sein Glas Dole, und alle tranken in der Hoffnung, dass sich dieser Traum erfüllen könnte.

„Ja Klaus", brachte Heinz den Pfarrer und den übrigen Stammtisch in das Heute herunter, „wir haben hier ein paar sehr gute Gedanken gehört und gedacht. Erst mit Gottes Hilfe und dazu unserem steten Willen, aus puren Gedanken die Flüchtlings-Ströme so gut zu lenken, dass aus den Gedanken fertige Dörfer und Städte werden, kann etwas Grosses entstehen. Aber wir, und Politiker und Geldgeber, haben noch einen langen Weg vor uns."

„Ganz genau", schloss Noldi und rief nach der Rechnung, „und das kostet Geld und nochmals Geld."

„Ach Noldi, sogar du weißt, dass mit Geld alleine höchstens Zinsen verdient werden, oder Verluste entstehen. Nur mit guten Gedanken erwächst aus Geld und sinnvoll eingesetzter Macht und gutem Willen wirklich mehr, als ein teures Stück Fleisch mit Beilagen und Wein" nahm sich Paul heute das letzte Wort.

Willi aus Kamerun machte heute ausnahmsweise selber eine Schlepperfahrt, weil er das neueste Schiff, dreissig Meter lang, nicht seinen Halb-Kapitänen anvertrauen wollte. Er hatte 200 dumme zahlende Menschen an Bord, dachte er, die ihn noch reicher machen würden. Es war ein gutes Schiff, erst 10 Jahre alt und kaum Rost. Er hatte früher schon einige Jahre als Matrose gearbeitet, Willi kannte sich aus auf dem Meer. Die Nacht war schwarz wie seine sündige Seele. Diesmal hatte er Unsummen an Bestechungsgeld voraus bezahlt, er wollte keinen Ärger. Für spätere Fahrten sollten 400 Leute auf das Boot, aber diese erste Fahrt war sein sicheres Vergnügen. Dass er wegen eines unerwarteten Sturms mit allen anderen auch sterben würde, war in seiner tollen Planung nicht vorgesehen.

Hoffnungen

Erst nach Ostern gab es wieder einen runden Tisch mit Neuigkeiten. Der Frühling meldete sich durch die noch warme Messing-Türklinke, die direkt in der Sonne lag. Heinz kam als dritter Stämmler zum Tisch und scherzte „bald kann man sich beim Eingang die Hand verbrennen." Noldi und Hansjürg hatten schon den ersten Schluck Roten genommen, und freuten sich über die gute Laune des langen Richters.

In den paar Wochen vorher waren wohl immer 4 bis 5 Stämmler gekommen, es wurde natürlich diskutiert und auch nach Wegen zur Realisierung ihrer „Moses-Solution" gesucht. Viel weiter war man noch nicht. Doch kamen alle zur Einsicht, dass nicht der Stammtisch als Urheber wichtig war, sondern dass einzig eine Lösung des grossen Problems „Flüchtlings-Elend" zählte. Nicht eine geschützte und patentierte Lösung „Moses-Kind-Stamm" sollte sie leiten, sondern Schritt für Schritt musste man Wege suchen, finden. Man brauchte Helfer, hohe Politiker, grosse Firmen und wenn möglich Milliardäre, die zumindest als Sponsoren wichtig waren. Und Wissenschaftler, mit dem nötigen Wissen für eine Umsetzung der Ideen.

„Bis wir den Flüchtlingen helfen können, werden noch Tausende von denen ertrinken" vermutete Hansjürg, „ihr beide kennt doch wichtige Personen mit Geld und Einfluss." Noldi und Heinz sahen sich an, sollte alles an Ihnen hängen bleiben? Paul und Tutu kamen gerade dazu, den letzten Satz hatten sie mitbekommen. „Klar müsst ihr Eure Verbindungen und Kontakte nützen" meinte Tutu noch stehend, „wozu habt ihr denn dieses Privileg sonst."

Noldi schenkte noch Wein in drei weitere Gläser, „sitzt einmal ab, Prost und willkommen." Damit meinte er auch Klaus, der eingetreten war. „Ausserdem sind Ideen sogar wichtiger als Geld, vielleicht gibt es sogar spottbillige Lösungen, Fertighütten von Ikea, oder noch billiger selbst gebaut aus Holz in einer Waldgegend. Dort gäbe es sicher auch Wasser." Alle staunten über die Worte des Mannes, dem Geld als das Wichtigste schien.

Dann sah er Heinz an „also erzähl du zuerst." Der richtete sich auf und wirkte so noch wichtiger „ich habe vor drei Tagen mit einem Bundesrichter gesprochen, und der kennt einen Bundesrat." Wichtig sah er in die Runde, „Noldi, Klaus und ich haben am nächsten Mittwoch einen Termin bei dem."

„Was, so rasch, welcher der sieben Zwerge hat denn so wenig zu tun?" rief Hansjürg. Er hatte seit zwei Wochen wieder Arbeit, wohl nur einen 80% Job als Strassenhelfer in der Nachbargemeinde, aber er verdiente wieder regelmässig und war mächtig stolz darauf.

„Nein, so rasch ist das nicht gegangen, aber unserem Bundesrichter Nägeli habe ich schon vor drei Wochen von Moses und unseren Gedanken erzählt. Zufällig traf der den Bundesrat Müller noch am gleichen Abend bei einem Opernbesuch, und weil beide ohne ihre Frauen dort waren, sprachen die über unser Thema", erläuterte Heinz das Wunder. „Wir wollten nur nicht wichtig tun damit, und ich weiss erst seit gestern definitiv von der Einladung."

Ungläubiges Staunen veränderte gleich die Gesichter der Anderen. Sogar ein persönlicher Kontakt mit der Regierung sollte stattfinden?

„Das ist nicht alles, ich kenne tatsächlich einen Milliardär, der diverse Hilfs-Institutionen mit grossen Beträgen unterstützt", machte Noldi seine Banker-Position wichtig, „und wir haben in Genf bei einem langen Mittagessen die Zeit für das Flüchtlingselend gefunden. Er zweifelt zwar noch daran, dass unser Dorftrottel wirklich neue Städte gemeint hat, hat mir aber seine Hilfe mit Geld und seinen Verbindungen zugesagt."

Einen Moment war es still, dann klatschte Vreni, die gerade zum Tisch getreten war, und die ganze Beiz klatschte mit, auch wenn nicht sehr viele da waren, denn schon nach dem Statement von Heinz wurden die Gäste hellhörig.

Der Richter stand auf, ein Turm im Beifallsgetöse, zwei Meter Höhe in einer kleinen Beiz. Er schaute rundum, dankte nickend, „das ist ein Anfang, und wenn wir gute Ideen oder andere Hilfe von Euch allen bekommen, werden wir diese gerne prüfen. Sogar dumme Ideen könnten in diesem speziellen Fall etwas bringen, vielleicht ist ein Körnchen Wunder dabei. Denn noch ist nichts wirklich erreicht, und einige kleinere Wunder wären toll."

„Ihr habt ja mich", rief Richard, nun auch dabei, „denn durch mich wird der wichtige Energiebedarf gelöst, mit einem AKW neben jeder neuen Stadt ist das kein Problem." Zustimmung durch wenige Freunde, und Pfiffe von den Atomkraft-Gegnern liessen schon ahnen, dass noch vieles zu klären und realisieren war.

„Lasst doch die Flüchtlinge zu Hause und schickt denen in Afrika Geld. Mit nur drei Tausendern pro Person könnte man wahrscheinlich zehntausende Menschen davor bewahren, ein risikovolles Abenteuer auf dem Mittelmehr zu versuchen. Das sind nur 3 Millionen, ein Klacks für die reichen Länder" rief eine Stimme von hinten.

„Tolle Idee, aber das werden leider die herrschenden Klassen sehr rasch für sich vereinnahmen, so viel Recht für Einwohner haben dort nur wenige Staaten", war ein anderer sicher.

„Auswanderer wird es immer geben, aber echte Flüchtlinge, die um ihr Leben fürchten müssen, kann man so nicht aufhalten" gab eine Frau zu bedenken.

Und ein Anderer meldete sich gleich mit „die Amis sollten Drohnen senden, um die bösen Despoten zu killen, dann würden nur noch wenige gute Einwohner von so einem Scheiss-Staat, der natürlich auch in der UNO ist, fort wollen."

„Lasst die doch einfach sterben", rief ein bekannter Zyniker, „anstatt diese blöden Schwimmer zu retten. Wenn die hier sind, machen die ja nur Ärger und Kosten." Pfui, Idiot und sogar Arschloch hörte man entrüstete Reaktionen.

Aber ein anderer Skeptiker wollte auch reden, „die meisten wollen doch nur nach Europa, zum Geld verdienen oder um ein ein Studium zu machen, das sind gar keine echten bedrohten Flüchtlinge."

Dann noch eine Meinung, „ja, da sind viele reine Wirtschafts-Flüchtlinge dabei, und wenn sie nichts anderes bekommen, dann helfen sie auch im Ausland für ein paar Jahre, oft für einen Hungerlohn, anstatt gleich wieder zurück in ihr armes Dorf zu gehen. Denn dort wollen alle Verwandten Geld sehen, das sie den Ausgewanderten für die Flucht geliehen haben. Ok, was ist falsch daran, zu normalen Zeiten. Leider kommen jetzt einfach zu viele echte Menschen in Not."

Mit seiner Essen-Bestellung als Erster zog der hungrige Hansjürg die Leute wieder in die profane Realität, und die übrigen Stammgäste schlossen sich dankbar an. Doch die Stimmung war so mit Erwartungen, Hoffnungen geladen, dass gleich nachher weiter diskutiert werden wollte.

Wieder der grüne Hansjürg. „Vergiss das alte AKW, sogar du weisst, dass so ein Bau mindestens 4 bis 5 Jahre braucht. Je nachdem wie die Städte gebaut werden, reichen am Anfang sogar ganz konventionelle Aggregate mit Diesel zur Strom-Erzeugung. Die ersten Siedler in Amerika oder Australien kamen sogar mit Kerzen und Fackeln aus".

„Genau, und mit Schaufeln und Pickeln suchten sie nach Gold" lachte Tutu. „Es kommt eben nicht nur auf das Wie an, sondern auch auf das Wo. In einem warmen Land mit genug Wasser lässt sich viel leichter neu ansiedeln, wär doch toll in Neuseeland."

„Schon, aber wegen Gold sind Menschen sogar ins kalte Alaska gegangen. Wenn man den Flüchtlingen ein neues Leben, so wertvoll wie Gold, zeigen könnte, dann wäre alles einfach, denn Geld ist alles" meldete sich der Banker.

„Mit anderen Worten, wenn man in den trockenen Gebieten von Australien oder in der Sahara eine grössere Menge Gold ausstreuen würde, und die Flüchtlinge dorthin verschifft, natürlich mit Wasser und Lebensmitteln, dann ist das Problem gelöst?" fragte Paul provokativ in die Runde.

„Und der Bundesrat sorgt für die politische Einwilligung? Und Dein Milliardär für die Verschiffung oder sogar den Flug in diese gelobten Gebiete?" strahlte Vreni den Noldi an.

Zum Glück brachte der Wirt nun einige der bestellten Vorspeisen, sonst hätte sich das Flüchtlingsproblem ganz „einfach" gelöst.

Politische Arbeit

Am nächsten Mittwoch waren die drei Männer um 8.30h beim Bundesrat Müller. Der arbeitete schon seit einer Stunde, auch ein Morgenmensch wie Heinz. Sie wurden tatsächlich im Bundeshaus in einem kleinen Arbeitszimmer empfangen. Natürlich mussten sie vorher durch den Sicherheits-Bereich, mit Ausweis- und Körper-Kontrolle. „Wie am Flughafen" klagte Noldi, „zum Glück habe ich immer meine Identitätskarte dabei."

Nach einer kurzen Begrüssung mit Vorstellung der Gäste, man nannte Namen und Beruf (Noldi sagte Ex-Bankdirektor, um wichtig genug zu sein), sass man um den runden Tisch, jeder bekam ein Glas stilles Wasser, dann ging die Sekretärin hinaus. Ausnahmsweise begann der Pfarrer zu reden. „Vielen Dank, Herr Bundesrat, dass sie sich Zeit für uns genommen haben. Wie ich gehört habe, sind Sie schon voraus informiert."

Herr Müller nickte freundlich. Bruder Klaus legte zwei Atlas-Kopien auf den Tisch. „Das war die Basis unserer Überlegungen", und er erklärte in wenigen Sätzen die erträumten neuen Flüchtlings-Städte, ohne dabei die Worte Dorftrottel oder „stummer Alter" zu verwenden.

Natürlich liess Heinz es sich nicht nehmen, beim ersten Luftholen von Klaus noch Ergänzungen anzufügen, schliesslich war er als Richter und Offizier es gewöhnt, einen Sachverhalt deutlich und klar zu formulieren.

Aber beim erstem Luftholen von Heinz sprach gleich der Bundesrat. „Ich habe schon von Ihren Erkenntnissen und Lösungs-Ideen gehört, auch dass der Dorftrottel und ein Kind an der Sache beteiligt waren. Das muss nicht negativ sein. Natürlich soll man vorläufig nicht grosse Werbung um diese Basis der interessanten Ideen machen. Wichtig finde ich, eine schweizerische Tradition, ein Stammtisch, hat eine Grundidee für die Lösung des weltweiten Flüchtlings-Problems entwickelt. Daran muss man anknüpfen. Als Aussenminister habe ich regelmässig Kontakt zu wichtigen Politikern im Ausland. Aber Sie dürfen sich nicht zu grosse Hoffnungen machen. Ich kann nicht einfach zu Herrn Obama oder Putin gehen, und sagen, hören Sie, wir möchten dass ihr Land eine neue Stadt für alle Sorten von Flüchtlingen baut."

Respektvoll sassen die Stämmler da, hingen an den Lippen von Herrn Müller, voller Erwartung an die tolle Hilfe, verheissungsvolle Versprechen oder ähnliches. Trotz einer kurzen Pause zwischen den Aussagen hatte auch Noldi, der noch nichts gesagt hatte, keinen Unterbruch gewagt.

„Allerdings gefällt mir Ihr Lösungsansatz sehr, haben Sie inzwischen schon konkretere Pläne?"

Da konnte sich Noldi nicht mehr halten. „Herr Bundesrat, wir haben ja mehrere Länder favorisiert, aber uns noch nicht festgelegt, wir haben gehofft, Sie könnten uns zumindest einen Tip geben, welche

Regierung als geneigteste für so ein Projekt zu haben wäre. Ich habe als ehemaliger Bankdirektor Verbindung zu einem Milliardär, der den ersten finanziellen Teil übernehmen würde".

Ein kleiner Schatten lief über Herrn Müllers Gesicht. Hatte Noldi etwas falsches gesagt? „Es handelt sich nicht um einen russischen Oligarchen, sondern um einen deutschen Warenhaus-König", fuhr Noldi hoffend fort, sah jedoch keine Veränderung im Gesicht des hohen Herrn, vielleicht hatte er sich das nur eingebildet. „Geld ist ja wichtig bei solchen Projekten, aber ohne Ihre geschätzte Unterstützung würden wir Jahre verlieren mit der Suche nach einem geeigneten Land. Wenn wir ein Land wählen würden" er unterbrach sich, Heinz hatte ihn unter dem Tisch getreten, „dann nähmen wir..." wollte er sagen, fuhr aber fort mit „dann hätten wir sicher keine glückliche Hand. Dabei setzen wir voll auf Ihre Staatsmännische Erfahrung."

Rasch übernahm der Richter. „Herr Bundesrat, wir haben schon diverse Abklärungen gemacht, aber wirklich konkret ist eigentlich nur, dass wir die Flüchtlinge in den Bau der Städte involvieren möchten, es soll eine Atmosphäre von ‚Gründerzeit' bei den Menschen entstehen."

Diese Idee war auf der Zugfahrt nach Bern aufgekommen, weil Noldi immer nur vom Geld gesprochen hatte. Sie war auf dem Mist von Heinz selbst gewachsen. „Die Menschen sollen von Anfang an eine sinnvolle Arbeit haben, und faules Gesindel würde eher fern bleiben, hoffen wir."

Ein feines Lächeln stahl sich ins Gesicht des Magistraten. „Das ist tatsächlich eine weitere gute Idee, könnte von meinen grossen Kindern sein, vor allem die Tochter hat ständig phantastische Einfälle. Wie ich sehe, haben Sie noch einen weiten Weg vor sich, aber die Basis scheint mir brauchbar. Dann werde ich nun meine Fühler ausstrecken und zusammen mit meinen Mitarbeitern das geeignetste Land mit einer hilfreichen Regierung suchen. Wunderbarer Weise muss dann so ein Land weniger Geld auftreiben, sondern vor allem Land zur Verfügung stellen" wandte er sich an Noldi. Der nickte nur heftig, wie einst Moses. „Ausserdem brauchen wir einen Staat, der politisch stabil und ein Rechtstaatliches Gefüge hat, damit Auswanderer, also vor allem echte Flüchtlinge, eine zumindest vorläufige Zukunft sehen" referierte Herr Müller weiter.

Ehrengast

„Ganz ohne konkretes Wissen für das weitere Vorgehen sind wir nicht" mischte sich der Pfarrer noch ein, „es gibt folgende Punkte, die wir voraus abgeklärt haben: Wasser kann man heute in grossen Mengen aus dem Meer gewinnen, eine Reederei würde für Flüchtlinge ein ganzes Kreuzfahrtschiff gratis zur Verfügung stellen, ein Baukonzern würde uns kostenlos alte Wohn-Container liefen, wir haben Kontakt zu Flüchtlings-Organisationen, die geeignete Familien für so ein zukunftsträchtiges Abenteuer anfragen und vorselektieren. Ausserdem haben wir Bauingenieure für Strassen und Häuser aufgetrieben, und es gibt noch ein paar weitere Helfer." Das war zwar jetzt fast alles gelogen, aber der Bruder Klaus wollte nicht, dass sie hier als völlig unvorbereitet gelten würden. Der liebe Gott würde ihm sicher verzeihen.

Trudi klopfte an die Türe und rief „aufstehen Herr Pfarrer, Sie haben heute eine Messe." Erschrocken wachte der Pfarrer auf. Gottseidank, dachte er, zum Glück habe ich den Unsinn nicht dem Bundesrat gesagt, und die Blicke meiner Kollegen kann ich mir auch vorstellen. Offenbar träumte er nun vom Thema.

Die kleine Kampftruppe war nach einigen weiteren Sätzen verabschiedet worden, und dann wurden sie von der Sekretärin hinausbegleitet. Noch auf der Heimfahrt schwärmte man von dem Bundesrat, auch wenn Noldi befürchtete, dass jetzt der Amtsschimmel die Sache verzögern würde. Klaus hatte noch positives Denken und Gottes Hilfe für das weitere Vorgehen angeregt. Heinz fand, dieser Bundesrat sei ein Macher, und man könne wirklich hoffen.

Der nächste Stammtisch war vollzählig und die Beiz war schon um halb sechs Uhr gefüllt, alle wollten die Neuigkeiten hören. Die drei „Gesandten" waren selbstverständlich schon vorher kontaktiert worden, und so wusste man schon von der Zusage für unterstützende Beratung durch den Aussenminister.

„Nein, wir wissen noch immer nichts Neues", dämpfte Noldi die grossen Erwartungen. Aber alle drei erzählten detailliert von ihren Erlebnissen bei der Sitzung und dem Bundesrat Müller. Der Wirt machte ein tolles Geschäft, erzählen sowie zuhören macht Durst und Appetit.

Das ganze Dorf war bald informiert, sogar das Regionalblättchen berichtete über die magistrale Unterstützung der Stammtisch-Ideen.

Zum darauf folgenden Treffen kamen aber trotzdem nur vier Stämmler, man hatte sich auf ein paar Wochen, eventuell Monate Wartezeit eingestellt. Noldi als Zahler, Hansjürg als Mitesser, Heinz und Klaus waren informiert. Die Gläser waren mit einem guten Bordeaux gefüllt, was Hansjürg ohne Kommentar zur Kenntnis nahm, er war heute ziemlich müde, man hatte ihn wieder in einen Laden geholt und ihn zum Filialleiter befördert.

Als die Türe freundliche Frischluft versprach stand Noldi auf. Er hatte schon vorher bei einem Gast so eine Andeutung von Neugier gehabt, sass aber sofort wieder. Nun ging er direkt zum Eingang, um den Herrn zu begrüssen, und brachte ihn zum Stammtisch. Hansjürg guckte verdutzt als Heinz und Klaus auch aufstanden, und den Herrn mit „Grüezi Herr Meier" empfingen und Heinz „willkommen bei unserem Stamm" anfügte. Da stand Hansjürg auch auf, gab dem Herrn die Hand mit „freut mich, Hansjürg Zimmer ist mein Name. Offenbar sind Sie ein Ehrengast, denn sonst sitzt hier nie ein Fremder." „Vielen Dank, das ehrt mich natürlich", meinte der Gast, schnappte sich einen Stuhl und man setzte sich.

Noldi füllte das fünfte Glas, der Herr Niederdörfler, wie er eigentlich hiess, nahm es, fuhr damit gleich Richtung Herrn Zimmer, „Prosit Hansjürg, ich bin der Hannes, hier trinkt ihr ja alle per Du miteinander, wenn ihr einverstanden seid, auch mit mir" lachte er. Leicht verdutzt stiess Zimmer mit dem Herrn an, und verfolgte die Kollegen mit ihrem Duzis.

Nach dem ersten Schluck meldete sich Noldi „das freut uns sehr Hannes, und sorry Hansjürg, dass Du nichts gewusst hast. Wegen deinem neuen Chef-Job wussten wir nicht, dass Du heute kommst. Also nun, der Herr Niederdörfler, der Hannes, ist unser Finanzier." Noldi sprach extra leiser als sonst, um die paar Ohren in der Beiz nicht mithören zu lassen. „Ich bin inkognito da" sagte Hannes, „ich wollte einfach einmal so einen schweizerischen Stammtisch kennen lernen. Und wenn wir heute nicht von Geld reden, dann müssen wir auch nicht flüstern." Laut fügte er hinzu „ich kenne Noldi von unserem Wellness-Aufenthalt in Bad Säckingen. Weil wir ohne Frauen waren, konnten wir über unser Hobbys reden, schwimmen zum Beispiel". Natürlich war Geld der Gespächsstoff gewesen, und so hatte Noldi seinen hilfreichen Milliardär gefunden.

Es wurde ein gemütlicher Abend, sogar Vreni kam noch dazu, ohne noch eingeweiht zu werden, „mein Bekannter aus Bad Säckingen" stellte Noldi vor, und Hannes bemühte sich, nicht von seiner neuen 40m Yacht zu sprechen und vom seinem zu schnellen Sohn mit Ferrari. „Viktor hat einen Totalschaden mit seinem BMW gemacht, eine ganze Kolonne war vom Schnee betroffen. Zum Glück haben die Airbags geholfen, er hat nur den Schrecken davon." „Dann hat er sicher eine Vollkasko gehabt, also kein finanzieller Schaden?" fragte Vreni den Herrn aus. Und Niederdörfler machte ein betrübtes Gesicht, „leider nicht, ich habe ihm extra das Geld dafür gegeben, aber er ist ein sehr sicherer Autofahrer, schon über 25 Jahre alt, und so hat er das Geld für Urlaub verbraucht" flunkerte der Herr, der auch mit Vreni per Du war, „das wird ihm sicher eine Lehre sein, jetzt hat er nur noch einen billigen Audi."

Immerhin, dachte der Vater, statt einem Ferrari hat er jetzt einen schnellen Audi mit über 300 PS, nur für den Viertel Preis, Strafe muss sein. Als man aufbrach, erbot sich Vreni noch, den fremden Hannes zum Hotel um die paar Ecken zu begleiten. Dort tranken die beiden noch ein Gläschen an der Bar. Von der Fortsetzung des Abends erfuhren die Stämmler nichts, denn die flotte Vreni sass ja manchmal mit irgend jemandem dort.

Aber auch Noldi ging nicht direkt zu seiner Lisbeth, sondern mit Heinz in dessen Lesezimmer. Heinz hatte einen exklusiven alten portugiesischen Brandy, den nun beide genossen.

„Was hältst denn Du vom Hannes, das ist doch ein feiner Kerl" begann Noldi. Heinz stimmte zu „aber ob der Herr dann wirklich genügend Geld für unser Projekt einschiesst? Stimmt die Story von seinem Sohn?" „Ja, nur dass der einen Ferrari verschrottet hat, aber der billigere Audi stimmt wieder."

„Also bestraft er seinen Sohn, hoffentlich findet der keinen Grund uns zu disziplinieren" fürchtete Heinz. Ein strafender Rächer hätte gerade noch gefehlt.

„Na ja, ich kenne Hannes nur vom Wellness, glaube aber, dass man sich auf seine Zusagen verlassen kann" verteidigte Noldi seinen Gönner, „er ist nur einmal geschieden, seit über 20 Jahren mit der zweiten Frau zufrieden, und lebt auch mit der Mutter seines Sohnes voll im Frieden. Dass er mit dem Luxus-Bubi auch einmal streng sein muss, scheint mir sinnvoll."

Heinz nickte, „gibt es schon etwas konkretes von dem Herrn? Einen Rahmenbetrag oder andere Zusagen?"

„Nichts über Summen, aber er hat einmal erzählt, dass er jährlich über 100 Millionen spendet, gezielt in Projekte, die von Hilfsorganisationen an ihn heran getragen werden. Einmal hat er davon erzählt, dass er einen Strassenbau in Kamerun unterstützt. Aber momentan viel wichtiger: Hannes beschäftigt zwei seiner Mitarbeiter schon seit ein paar Wochen, natürlich nur nebenbei, mit der Konzeption so einer Stadt, und auch die loten sinnvolle Länder aus."

Heinz strahlte richtig, „das sind ja super Nachrichten, warum sagst du das erst jetzt?" Natürlich freute er sich über diese vertraulichen Zusatz-Informationen, Noldi war nicht immer so mitteilsam.

„Wie ich via Bundesrats-Sekretariat gehört habe, hast Du auch Neuigkeiten von oben erhalten. Warum weiss ich nichts davon?" schmollte Noldi.

Sie sahen sich eine Weile in die Augen, stiessen mit dem feinen Brandy an und fanden, künftig keine Geheimnisse mehr voreinander zu haben. Sie stellten auch fest, dass beide eigentlich miteinander reden wollten, aber immer wieder etwas dazwischen kam. „Also, Information ist alles", versprachen sie einander.

„Da muss ich dir noch etwas beichten, ich habe vor drei Tagen mit dem Pfarrer gesprochen" hängte Heinz noch an. „Stell dir vor, er hat Kontakt zu einer grossen kirchlichen Hilfs-Organisation, die hauptsächlich in Afrika tätig ist. Der Vizechef davon hat lange mit ihm telefoniert, und der hatte gleich die Idee, man könnte die erste ‚neue Stadt' auch in einem afrikanischen Land, natürlich mit zumindest stabiler politischer und gesetzlicher Situation, machen. Dann müssten die Menschen ihren Kontinent gar nicht verlassen. Das grösste dabei: Auch ein Mitarbeiter vom Aussenministerium sondiert zuerst in Afrika, allerdings machen die das alle auch nur nebenbei".

„Grossartig, aber hast Du jetzt alles gebeichtet?" fragte Noldi streng, und auf das leicht empörte Nicken von Heinz lachte er froh „da chunnt scho guet", und sie tranken nochmals auf Moses.

Ja, der Moses dachte sich Noldi noch nachher, „vielleicht war das gut, dass ich nicht mehr mit dem alten Herrn sprechen konnte. Womöglich hätte der ganz andere Ideen für seine Kreise gehabt, trotz seiner seltenen Worte dazu." Zumindest waren seine Gedanken inzwischen beim alten Herrn, statt beim Dorftrottel.

Die Zeitung

Nach ein paar Tagen meldete sich ein Reporter von einer bekannten Zeitung aus der Hauptstadt. Er hatte von der Geschichte gehört, und wollte einen grösseren Artikel darüber schreiben. Heinz und Klaus hatten gerade zu tun, und so stellte sich Noldi zur Verfügung. Sie trafen sich beim Stamm, schon um 16.00h, es sollte nur eine halbe Stunde Zeit benötigen, kündigte der Herr an.

Tatsächlich kam um 16.10h ein relativ junger Mann zum alleine wartenden Banker. Noldi begrüste den Journalisten und dachte hoffnungsfroh „aha, ein junger Idealist, das könnten wir brauchen."

Das Gespräch nahm aber eine andere Wendung. Der Herr war vor allem am Dorftrottel und dem zeichnenden Kind interessiert. Noldi versuchte dem Zeitungsmann klar zu machen, dass es hier um das Konzept „Flüchtlings-Hilfe" geht, und nicht um irgendwelche Personen. Als der Herr merkte, dass er die von ihm gesuchten Detail-Informationen nicht bekommen würde, verabschiedete er sich rasch und ging zur Frau Wirtin. Weil nicht viel los war um diese Zeit, gab sie bereitwillig Auskunft. Nach weniger als 10 Minuten war der Herr wieder weg.

Das ganze passte Noldi gar nicht, aber da konnte man wohl nichts machen. Diese freudige „Auskunfts-Quelle" hätte der Typ auch ohne ihn gefunden.

Schon eine Woche später gab es einen ungewollten Artikel in der grossen Zeitung. Eine ganze Seite in dem ersten Bund, mit dem Titel „Bundesrat und Dorftrottel." Darin war von der Naivität einiger gestandener Männer und eines Bundesrats zu lesen. Abgesehen von den Figuren „Dorftrottel und Kleinkind" wurde auch der Pfarrer als geistlicher Spinner bezeichnet, und das ganze Dorf als provinziell und unterbelichtet dargestellt, inklusive einer schwatzhaften und eingebildeten Wirtin.

Ausserdem fand der junge Herr, diese Leute seien alle jenseits der Realität. Diese Flüchtlinge, die ihr Leben auf Spiel setzten, so schrieb er, das seien vor allem junge Burschen, die meisten Revoluzzer und potentielle Terroristen, die wollen sofort allen Luxus ohne dafür zu arbeiten. Asyl Schmarotzer eben. Kerle, die sich mit Drogen zu Hause das Reisegeld ergaunert hätten, die für Geld andere Leute überfallen, oder zumindest betrogen hätten. Und mit solchen „faulen Farbigen" (zumindest hatte man sich doch den Ausdruck „Neger" verkniffen), wollten diese Gutmenschen aus der Provinz ein riesiges Städtebau Projekt für viele Milliarden von Franken entwickeln. Wie früher in Amerika.

Aber die Schweizer, Italiener und Iren von damals seien alles rechtschaffene Bürger gewesen, das könne man nicht vergleichen. Und die technischen, ebenso die logistischen Anforderungen so eines Projektes würden völlig unterschätzt, das seien alles nur Träumer.

Schliesslich habe ja schon ein Milliardär mit einem Stadt-Projekt im Urwald Brasiliens nicht nur finanziellen Schiffbruch erlitten. Noch vorhandene Kunststädte wie Brasilia oder Canberra seien jetzt, nach Jahrzehnten, nicht mit richtig über Jahrhunderte gewachsenen Städten vergleichbar, dort sei kein richtig urbanes Leben.

Ohne ständige staatliche Unterstützung seien diese Vorzeigeobjekte von Architekten gar nicht lebensfähig. Genau so, ständig teuer, doch nur eher Slum-artig, würden solche neuen Flüchtlings-Sammelstellen bald in den Ländern stehen. Und wenn die Kriege vorbei wären, dann entstünden daraus Geisterstädte, wie in Gegenden von Amerika, ja sogar in der Schweiz gebe es schon solche entvölkerten Bergdörfer.

Der Herr zitierte noch ein paar namhafte Skeptiker, und schloss seinen totalen Verriss der Idee „Flüchtinge in neue Städte" mit einer weiteren Breitseite auf diese Hinterwäldler und einen Träumer mit der Funktion Bundesrat.

Noldi und Kollegen waren erschlagen, entmutigt. Für zwei Wochen traute sich niemand von ihnen mehr zum Stamm, es gab schliesslich auch im Dorf viele Leute, welche diese Zeitungs-Schelte voll übernahmen. „Wir haben das ja schon immer gesagt, was soll so ein Dorftrottel schon bringen."

Zaghafte Wiederbelebung

Eine Frau sorgte für etwas Stimmung. Die liebe Vreni informierte die Stämmler, dass Hannes, der Milliardär, zum nächsten Stamm kommen würde. Noldi war gerade in Bad Säckingen, und hatte ihr telefonisch diesen Auftrag gegeben.

Wohl fürchtete Noldi eine weitere „Predigt", man hatte im Bad extra nicht über das Problem gesprochen. Aber er sass doch wieder als erster am Tisch. Der Wirt hatte ihn schon vermisst, kannte aber natürlich die Zeitungs-Geschichte und verteidigte gleich vorsichtshalber seine Frau. Ja, sie habe dem einfach Informationen gegeben, aber niemand habe mit so einem wertlosen, kränkenden Artikel rechnen können. Noldi stimmte schlicht zu und schenkte sich wie immer ein Glas Dole ein, gab auch dem Wirt und dessen zerknirschter Frau ein Glas. Er trank mit ihnen trotzdem auf „unseren Moses".

Beinahe im Minutentakt trafen jetzt die Stämmler ein, nach Tutu und Hansjörg kamen schon Heinz mit Hannes, dann noch Paul und Klaus. Vreni hatte noch zwei Luxus-Damen, die ihr wichtig waren. Nur drei andere Gäste waren heute im Lokal.

Hannes wirkte ganz aufgeräumt und trank allen freundlich mit Prost zu. Dann erzählte er gleich, als ob nichts gewesen wäre, von der Recherche seiner zwei Mitarbeiter. Natürlich sei das schwierig und brauche Zeit, die haben noch viele andere Aufgaben, das sei nur deren Nebenjob. „Aber", seine Augen funkelten, „es gibt Ergebnisse. Bei uns im Ruhrgebiet ist die ganze Kohlenindustrie zusammengebrochen. Dort haben wir tausende Arbeitslose, die vom Sozialamt leben und gelangweilt in ihren Häusern sitzen, die ihnen wohl gehören, für die aber niemand einen Preis bietet."

Alle schauten verwundert, was soll denn das?

Hannes sah die Reaktionen, grinste verschmitzt, und sprach weiter. „Für wenig Geld würden viele von denen ganze Flüchtlings-Familien, echte natürlich, bis zu zwei Jahre lang aufnehmen. Vorläufig beschäftigen wir uns also mit der aktuellen Realität. Die Flüchtlinge sind schon hier, und in Deutschland werden es bis Ende Jahr womöglich eine Million Menschen sein. Dabei geht es vor allem um Syrer und Leute aus Jemen. Die wollen wir zuerst unterbringen."

„Aber das hat mit unsere Idee ja gar nichts zu tun" stotterte enttäuscht der sonst redegewandte Pfarrer.

„Richtig, aber parallel dazu suchen wir noch immer einen Staat in Afrika, in dem man eine neue Stadt ansiedeln könnte. Mittelfristig gibt es für die Flüchtlingsmassen gar keine andere Lösung, und auch langfristiger werden Kriege nicht verschwinden."

Die Stämmler atmeten auf, einen Moment glaubten sie schon alles verloren. Dieser Deutsche macht seine eigene Solution, hatten sie sofort befürchtet, denn der negative Zeitungsartikel lag allen noch auf dem Magen. Hoffentlich kann man dem trauen, dachte Klaus, und sonst haben wir ja noch die Kirchlichen Hilfswerke vor Ort in Afrika. Auch wenn er von dort auch kein Feedback hatte.

„Dann hast du nichts brauchbar Neues betreffend Flüchtlings-Stadt" brachte Heinz die Zweifel zum Thema, „hat denn der grosse Zeitungs-Artikel aus der Hauptstadt bis nach Deutschland gewirkt?"

„Natürlich habe ich davon gehört, aber wir oben haben gerade andere Probleme, als Provinz-Geplänkel aus der Schweiz. Und so ein Junior-Journalist, der es nötig hat, einen reisserischen Artikel zu schreiben, um bekannt zu werden, wird auch in der Schweiz nicht viel Echo finden. War hier etwas im Radio davon oder gar im Fernsehen?"

„Nein, das nicht, aber unser Regionalblatt war immerhin der Ansicht, dass der Mann nicht ganz daneben liegt. Schliesslich hatte er viele Argumente geliefert, auch wenn man fand, der Stil sei völlig daneben, der beschimpft sogar einen Bundesrat als naiv" antwortete Noldi. „Also nochmals betreffend ‚Städte', gar nichts Neues?"

„Na ‚gar nichts' ist die falsche Rede, es gibt zumindest eine erste Absage von einer möglichen afrikanischen Regierung. Die befürchten, dann mit dauernden Kosten belastet zu werden, also werden wir noch einen Fond einrichten müssen, der langfristig diese Not-Finanzierung übernimmt. Alles braucht Zeit."

„Und wieder einmal Geld" legte Noldi nach.

„Aber sorry Hannes, ich weiss ja von deutschen Familien, die den Flüchtlingen helfen wollen. Doch dazu das Ruhrgebiet? Sind dort nicht schon die meisten Häuser verrottet, eingefallene Dächer und so?" Tutu war skeptisch.

„Richtig, vor allem die Mehrfamilien-Blöcke, auf kleinere Einzel-Häuser wurde mehr geachtet. Und auch viele grosse sind mit wenig Geld instand zu setzen. Nichts ist hier gratis." Hannes war leicht genervt.

„Wir haben ja gehört, dass in Ländern wie Schweden, Deutschland, Österreich und auch Frankreich viele Menschen bereit wären, Flüchtlinge aufzunehmen, wenn auch nur sogenannte echte Flüchtlinge. Reine Wirtschafts-Flüchtlinge, die hauptsächlich mehr vom Luxus-Kuchen wollen, möchten die wunderbaren Gutmenschen eigentlich nicht, aber wohin mit all denen?" warf Vreni ein.

„Leider richtig", Noldi nickte dazu, „ich habe ein grosses Haus mit 9 Zimmern und 4 Bädern, die Hälfte davon könnte ich für solche geplagten Menschen abgeben. Aber verhalten sich diese Menschen dann so, wie wir das gerne hätten?"

„Ja genau, auch im Pfarrhaus könnte ich noch Platz machen, sogar für andersgläubige, aber wie lange bleiben die dann, und wenn man dann genug hat von den ‚Gästen', wo sollen die dann hin" meldete Bruder Klaus seine Bedenken.

„Vielleicht in die vielen meistens leeren Kirchen im Land, von deren grossem freien Platz gar nicht zu reden" half Richard, ein Gegner von Religionen, „aber das wäre vielen Flüchtlingen zu wenig komfortabel. Wie viele WC hat so eine Kirche?"

Dazu der grüne Hansjürg unfreundlich „ja schon, aber immerhin haben Kirchen brauchbaren Raum. Leider haben Deine blöden AKW's keinen Platz für Wohnflächen, aber da würde auch niemand hingehen."

„Das stimmt beides, obwohl die doch völlig sicher sind", musste Richard eingestehen.

Der Richter wollte natürlich auch hilfsbereit sein und erzählte von seinem Ferienhaus im Bündnerland, das meist leer steht. „Und in der Schweiz haben wir viele Ferienwohnungen, die in bestem Zustand sind und für Flüchtlinge geeignet wären. Aber erstens, wissen diese fremden Menschen das wirklich zu schätzen? Und machen die nichts kaputt oder alles total dreckig? Und zweitens, wie lange ‚besetzen' die unseren halb-freien Wohnraum? Das wäre natürlich mit Deinem Konzept von wirklich freiem Wohnraum alles weniger ein Problem" wandte er sich an Hannes, dem man ansah, dass er eigentlich ein dickes Lob für sein Engagement erwartet hatte.

„Nochmals sorry Hannes, wir sind nur interessiert, natürlich wissen wir deine Hilfe zu schätzen, ich glaube der blöde Zeitungsbericht hat uns alle beschäftigt. Wie du richtig sagst, braucht die Sache Zeit, wir werden uns auf Geduld einstellen müssen", meldete sich nun beschwichtigend Tutu.

„Alles Ok, ich verstehe euch ja, aber diese Suppe von dem Zeitungsfritz ist inzwischen schon kalt, das interessiert niemanden mehr. Jedoch eine Lösung für die vielen geplagten Menschen ist noch immer aktuell, und eine bessere als die neuen Städte hat noch niemand gefunden. Prost miteinander" hob Hannes das Glas mit einem entspannten Lächeln.

Mit dem anschliessenden Essen war die Welt wieder für alle Frühling.

Aber noch nachher gab es Diskussionen.

Paul, als Pfarrhelfer eigentlich kein Mann der grossen Wirtschaft, hatte noch weitere Argumente für Flüchtlings-Städte. „Wenn man sieht, wie viele gelangweilte junge Leute auch in den südeuropäischen Ländern oft jahrelang arbeitslos sind, dann kommt man schon ins Grübeln. Die sind irgendwann als feste Mitarbeiter in einer Firma gar nicht mehr brauchbar, weil sie einen geregelten Arbeitstag nie richtig kennengelernt haben, zumindest nicht über einige Jahre. Die sollte man als Kenner der Landessprache und Gewohnheiten sicher in so ein Projekt Städtebau einbinden, dann hätte man gleich zwei unliebsame Lebens-Härten gemildert."

Hilde, eine der Damen vom Strick-Verein, fand das ganz toll. „Es hat ja keine Mutter gerne, wenn die erwachsenen Kinder den ganzen Tag zu Hause herumhängen, TV und Spiele als Lebenszweck verinnerlichen und ausserdem den Eltern auf der Tasche liegen. Viele Familien könnten einen Zustupf vom Verdienst des eigentlich selbstständigen Nachwuchs gut gebrauchen."

„So weit würde es sicher noch kommen" rief einer der selten anwesenden jungen Männer, „kaum verdient man selber etwas, wird einem das schon wieder weggenommen."

„Früher war das selbstverständlich, dass die ganze Familie mit hilft", wusste ein älterer Italiener, „aber heute geht es allen viel zu gut."

„Das ist doch alles nur eine Frage vom Mass, vom Verhältnis. Wer wohlhabende Eltern hat, kann ganz klar seinen verdienten Lohn behalten. Wenn eine Familie knapp dran ist, und so ein Nachwuchs, natürlich auch junge Damen, über das Alter von Erwachsenen hinaus zu Hause profitiert hat, dann ist die Abgabe von einem Lohnanteil wohl verständlich", meinte ein anderer Gast. Die halbe Beiz war heute engagiert.

„Das ist ja alles schon richtig, aber wir können nicht alle Probleme auf einmal lösen" versuchte Heinz die Menschen zurück in ihr momentanes Hauptthema zu bringen, „die Flüchtlinge haben es viel schwerer als jeder Arbeitslose bei uns. Egal ob alt oder jung, wer hier schon lebt, hat ein grosses soziales Netz, das allen Fremden am Anfang ihrer Flucht völlig fehlt. Die müssen schon froh sein, wenn sie in einem Lager Wasser und Essen erhalten, von Gesundheits-Dienstleistungen und echten Chancen auf Arbeit ganz zu schweigen."

„Die Asylanten bekommen doch viel mehr Geld als wir, wenn wir als Arbeitslose ausgesteuert werden, habe ich gehört" rief jemand.

„Ja, hören tut man viel, aber deshalb ist es nicht immer wahr. Diese Leute bekommen nur das Lebens-Minimum, und je länger die ganze Situation dauert, in der so ein

Mensch nur auf seine Anerkennung als echter Asylfall wartet, um so schlimmer wird das. Die Menschen dürfen ja nicht arbeiten, immer nur Hoffnung und wenig zum Leben. Es gibt im Ausland Lager, da sind Flüchtlinge schon viele Jahre in einem ‚hoffen-und-warten' Zustand. Es ist fast wie eine schwer heilbare Krankheit". Hannes war zum Gehen aufgestanden, und hatte nochmals in die Runde gesprochen. Man nahm das als Abschluss des Abends zur Kenntnis.

Nachwort

Leider wird hier nur ein modernes Märchen erzählt. Aber alle Märchen haben einen realen Kern. So bleibt die Hoffnung, dass Politiker und Milliardäre die Idee aufnehmen und eine echte Flüchtlingshilfe in Angriff nehmen.

Alles andere als ganz neue Dörfer, Städte, in irgend welchen „Niemands-Ländern", wird die Explosion der hungrigen Ströme von Menschen, die dank TV und Internet und Erzählungen einen Weg in ein besseres Leben suchen, nicht bewältigen können. Ein Leben nur schon in einem sicheren gesetzlichen Rahmen, ohne tägliche Ängste, ohne dauernden Hunger nach „mehr", und manchmal auch nach „viel mehr", auch die Natur macht uns das vor.

Wir glauben doch, dass uns ein Gott gemacht hat, und zwar mit der ganzen weiten Welt. Ist es unsere Aufgabe, eine etwas gerechtere Welt weiter zu formen? Wenigstens für die Menschen. Oder macht das irgendein lieber Gott. Irgendwann.

Afrika alleine hat über 1,1 Milliarden Einwohner. Wenn davon nur 1% auf die gute Idee kommt, auszuwandern, dann sind das 11 Millionen Menschen auf der Suche nach dem Paradies. Mit all den anderen „schlechten, armen, kriegsgeplagten" Ländern wird hier noch gar nicht schwarzgemalt.

Die einfachste Lösung: Zumindest eine afrikanische Mauer um das schwarze Land. Dauert lange, zu lange, und doch würden weiterhin viele diese gigantische Mauer überwinden. Und eine Mauer um Europa? Die relativ kleine Mauer nach Ungarn nützt schon nichts und kann nicht wirklich überwacht werden.

Nicht nur in der modernen Welt gibt es Menschen mit Visionen, Ehrgeiz, Träumen, mit dem Willen, dem Mut und der Kraft, eine Verbesserung des aktuellen Lebens anzustreben. Koste es was es wolle, auch das Leben.

Da waren viele Hunderttausende Europäer, die genau mit dieser Einstellung aus ihrer Heimat voll Hunger flüchteten. Mitte des Neunzehnten Jahrhunderts gab es für geplagte Menschen keine Alternativen, von den Flüchtlingsströmen in unseren früher häufigen Kriegen noch gar nicht zu reden.

Diese „Bombe an Migranten", die gerade explodiert, mit massivem Leid und heftiger Abwehrhaltung in allen „wohl-habenden" (die wohl haben müssen) Ländern, die war doch vorauszusehen, und wurde auch von Politikern vorausgesehen, vor allem von den rechts gerichteten Parteien. Die haben ständig allen Mitbewohnern unserer Paradiese die totale Abwehr von allem Fremden dringend ans Herz gelegt, denn alle Migranten sind böse Räuber, Mörder oder die nehmen uns zumindest alles weg, was uns lieb und teuer ist. Dadurch sind inzwischen die wunderbaren guten, freundlichen und hilfsbereiten

Herzen von sehr vielen satten Menschen blind gemacht worden.

Sogar ehemalige Migranten von Ungarn (1956) oder Vietnam oder Sri Lanka oder Serbien-Kosovo, oder diese Wirtschaftsflüchtlinge aus Italien, Spanien, Portugal und so weiter, die nun satt sind, sogar diese damals „Hilfe findenden" haben jetzt nur noch Angst, sie würden von neuen Migranten ins Elend gestürzt. Furchtbar.

Jedoch alle Märchen finden ein teilweise gutes Ende.

Und wenn die Stammtischler und ihre Helfer nicht alle gestorben sind, dann hoffen sie noch heute. Eine echte positive Lösung, egal welche, wäre doch märchenhaft.

Ein Jurist und Künstler hat die Situation formuliert

Mani Matter, unser berühmter Berner Mundartdichter, hat das schon vor rund vierzig Jahren geahnt, mit seinem Lied von „dene wos guet geit, giengs besser, giengs dene besser, wos weniger gut geit, was aber nit geit, ohne dass es dene, wos gut geit, weniger gut geit" (hier nicht echt berndeutsch).

Ein toll komplizierter Satz. Auf Hochdeutsch und modifiziert heisst das:

Wenn reiche Menschen den Armen etwas mehr abgeben würden, hätten sie ein besseres Seelenleben, ein besseres Gewissen. Ja, durch höhere Einnahmen von den dann besser lebenden Armen hätten die Spender sogar wirklich mehr Geld.
...und den Armen ginge es besser.
Weil aber die Reichen dann sofort ein wenig „mehr Weniger" hätten, und diese braven satten Menschen leider etwas Angst haben, ihre starke Vormacht zu schwächen, verzichten die Wohlhabenden auf das „mehr Geben" (wir spenden doch schon an viele Hilfswerke).

Diese komplexen, doch einfachen Tatsachen gelten natürlich ebenso für das arme Afrika, Asien oder Indien.